말이 예쁜 아이
말이 거친 아이

말이 예쁜 아이
말이 거친 아이

공규택 지음

 더 늦기 전에 알아야 할
우리 아이 언어습관

추수밭

말이 예쁜 아이로 키우는 우리말 예절

"말이 씨가 된다. 말조심하도록 해라."

"같은 말이라도 예쁘게 말해야 한다."

이제 칠순이 다 되어가는 우리 어머니가 수십 년 전부터 저에게 늘 하시던 말씀입니다. 당신의 귀에 거슬리는 말이 어린 제 입에서 툭툭 튀어나올 때면 어김없이 이렇게 말씀하시며 주의를 주셨습니다. 어느덧 어른이 되어 '말'이란 것에 대해 남들보다 조금 더 아는 국어 선생님이 되었지만 어머니는 여전히 "이제 너도 선생님이니까 잘 알겠지만……"이라는 말을 앞에 붙여가면서 똑같은 말씀을 하십니다.

어머니는 오래전부터 말을 한다는 것이 얼마나 중요하고도 어려운 일인지 아셨던 모양입니다. 어머니가 왜 그토록 귀에 못이 박히도록 말을 조심해서 쓰라고 하셨는지 요즘 새삼 깨닫게 됩니다. 말은 무엇인가를 이루어내는 주술呪術과도 같은 힘이 있기 때문에 함부로 말하여서는 안 된다는, 또 다른 사람에게 말을 할 때 예의를 갖추지 않으면 다른 사람의 마음을 다치게 할 수도 있다는 깊은 뜻을 어머니는 집요하게 제게 전해주셨던 것 같습니다.

　그런데 안타깝게도 지금은 함부로 말하는 시대가 되었습니다. 인터넷에서는 악성 댓글이 넘쳐나고, 무슨 말인지 도통 알 길이 없는 외계어가 난무합니다. 길거리에서는 온갖 욕설이 사람들의 입에서 불쑥불쑥 튀어나옵니다. 어린 학생들은 마치 암호와 같은 줄임말과 은어들이 일상처럼 입에 붙어 있습니다. 다들 '함부로' 말하기 때문에 대부분의 사람들은 온전한 의사소통의 세계에서 쫓겨나 언어의 소외를 맛보고 있습니다.

　저는 이러한 언어의 소외를 해결할 단서를 아름다운 우리말에서 찾고자 합니다. 비단 인터넷 언어나 욕설, 은어 따위의 문제만은 아닙니다. 어느새 일상어의 대부분을 잠식하고 있는 한자어 일색의 '잘난 체' 언어생활, 어쭙잖은 세계화의 전리품인 영어가 뒤섞인 국적 불명의 언어생활에서 벗어나려면 우리가 스스로 외면한 '우리말'을 붙잡고 복원해내야 합니다. 우리말 어휘뿐만 아니라 우리말 어법과 우리말 예절까지도 그렇게 해야 합니다.

왜냐하면 말은 '그릇'이기 때문입니다. 말은 눈에 보이지 않는 생각도, 정신도, 정서도, 인격도 그 안에 담아 나릅니다. 그러한 것들이 말이라는 그릇에 담겨 돌아다닙니다. 그릇이 나쁘면 그 안에 담긴 생각, 정신, 정서, 인격도 나빠 보입니다. 아니 나빠집니다. 요즘 사람들은 말의 그릇이 나쁘다 못해 깨져나갈 지경입니다. 어찌해야 할까요?

이제부터라도 예쁜 그릇을 좀 써보면 어떨까요? 특히 우리 아이에게는 더할 나위 없이 예쁜 그릇을 식탁 위에 올려주어야 하지 않을까요? 세 살 버릇 여든까지 간다지요. 세 살 '말버릇'도 틀림없이 여든까지 갑니다.

우리 어머니 말씀처럼 말이 정말로 '씨'가 된다면 지금 잘 차려주는 우리 아이의 '말그릇'은 훗날 싹이 트고 꽃을 피워 훌륭한 열매를 맺을, 그야말로 '씨앗'이 될 겁니다. 저는 이 책이 아이들의 미래를 걱정하는 부모님들에게 예쁘고 좋은 그릇이 되고, 말의 씨앗이 되기를 바랍니다.

끝으로 저에게 아름다운 모국어를 가르쳐주신 어머니께 감사의 말을 남깁니다. 그리고 지성이와 나에게 늘 예쁜 말만 해주는 우리 은기에게도 감사의 말을 전합니다.

2011년 한글날 즈음

공규택

차 례

3장 부모가 바로 써야 아이의 말이 바로 선다

어느 날 집에 돌아온 아이가 툭 내뱉은 한마디에
깜짝 놀라신 적 있으시죠?
요즘 청소년은 물론 초등 아이들의 언어 오염 문제가 심각합니다.
심지어 유치원생들도 결코 안심할 수 없지요.
더 늦기 전에 우리 아이의 말버릇을 잘 살펴보고 바로잡아 주세요.
어디서나 칭찬받고 사랑받는 아이는 말이 예쁜 아이랍니다.

1장

문득 아이의 말버릇이
걱정스러워질 때

‘열나’, ‘졸라’가 입에 붙은 아이,
이대로 괜찮을까?

요즘 아이들의 말 중에 참 듣기 거북한 것이 있습니다. 자신이 보고, 듣고, 느낀 것을 남에게 강조하여 이야기할 때 사용하는 수식어가 점점 불량화되고 다양화되어 가고 있다는 점입니다. 그리고 비슷한 성격의 말이 끊임없이 재생산되고 있다는 점입니다. 아이들은 이렇게 말을 합니다.

> “어제 비가 되게 많이 내렸어.”
> “그 남자는 완전 멋있어.”
> “영식이, 오늘 대빵 화났다.”
> “오늘 급식 댓다 맛있다.”
> “이 가게에서 파는 떡볶이 겁나 매워.”

"자동차가 열나 빨리 달린다."

"어제 텔레비전에 나온 가수 짱 멋있더라."

많고 멋있고 화나고 맛있는 것을 '되게, 완전, 대빵, 댓다'라는 부사를 이용하여 강조합니다. '되게'는 '아주 몹시'라는 뜻을 지닌 말입니다. 얼핏 속어처럼 들리지만 어엿한 표준어이므로 아이들이 이 정도까지만 사용해도 무난합니다.

'완전'은 문법적으로 하자가 있습니다. '완전'은 그 자체로 명사이기 때문에 뒤에 나오는 형용사 '멋있어'를 꾸밀 수가 없습니다. 이 말은 '완전식품'이나 '완전 범죄'처럼 일부 명사 앞에서나 쓰일 수 있는 말입니다.

'대빵'은 의외로 국어사전에 나오는 말입니다. '크게 또는 할 수 있는 데까지 한껏'이라는 뜻을 가진 은어인데요. 국어사전에서도 은어라고 지적한 만큼 공식적으로는 사용하지 않도록 지도하는 것이 좋겠습니다.

'댓다'는 특이한 경우인데요. 요즘 청소년들이 종종 쓰는 이 말은 '덮어놓고 막, 또는 심하게 마구'라는 뜻을 지닌 북한어이기 때문입니다. 어떤 경로로 우리말 어휘 체계에 들어와 쓰이게 됐는지는 모르겠으나, 어쨌든 표준어로 인정받고 있지 못한 채 일부 젊은 층에서 은어나 속어처럼 쓰이고 있으므로 되도록 삼가는 것이 좋겠습니다.

'겁나'와 '열나'는 각각 '겁나다'와 '열나다'의 어간에서 유래한 말입니다. 겁이 날 정도로, 혹은 열이 날 정도로 어떤 상태가 심하다는 의미로 쓰이기 시작했을 텐데, 용언의 어간을 임의로 취하여 부사로 쓰는 예가 우리말 문법 체계에서 허락되지 않는 만큼 역시 삼갈 표현이라 하겠습니다.

'짱'은 '우두머리'나 '최고'라는 의미로 쓰이는 청소년 은어인데, 이 말이 명사로 쓰이는 데 그치지 않고 부사로도 쓰이고 있습니다. 물론 국어사전에 나오지 않을뿐더러 보편적이지 않은 언어 현상이므로 기성세대도 쉽게 이해할 수 있는 말로 바꿔 쓰도록 지도했으면 합니다.

비속어는 쓰는 사람까지 저속하게 만든다

그런데 아이들이 정말 자주 쓰는 말 중에 특히 문제가 심각한 것은 욕설이나 비속어를 가져다 쓴 다음과 같은 사례입니다.

"교실이 존나(졸라) 시끄럽네."

자신이 보고, 듣고, 느낀 것이 보통의 경험과 확연히 차별화된다는 것을 과시하려는 욕구에서 이런 말들을 자꾸만 새로 만들어 씁니다. 또 자신의 생각을 다른 사람에게 인상적으로 강조하여 전달하려다 보니 점점 더 자극적인 말소리를 가진 말들이 생겨나는 듯합니다.

그런데 이런 말들이 아이들의 일상에서 아무렇지 않게 사용되다 보니 아이들이 제출한 숙제, 시험 답안지, 자기소개서, 문자 메시지 등에도 버젓이 쓰이곤 합니다. 심지어 수업 시간에 발표를 할 때도 무심코 '졸라'나 '존나'가 입에서 툭툭 튀어나옵니다. 최근에는 '조낸'이라는 말로 다시 변형되어 쓰이기 시작했습니다. 하도 많이 쓰이다 보니 심지어 그것이 입에서 나와서는 안 되는 욕설인 줄도 모르고 무의식적으로 쓰고 있는 듯합니다.

'졸라'나 '존나'는 남자의 성기를 속되게 일컫는 말로부터 변형되어 쓰이고 있는 것으로 짐작되는 만큼 매우 저속한 표현입니다. 절대로 쓰지 말아야 하는 말입니다. 저속한 말은 말하는 사람까지 저속해 보이게 한다는 것을 아이들이 깨닫도록 해주세요.

은어나 속어 대신 재미난 우리말을 권해주자

위에서 예로 든 아이들의 말을, 대한민국 사람 누구나 알아듣기 쉬운 우리말로 바꿔 쓴다면 '매우, 아주, 참, 정말' 등이 될 것입니다. 그 남자는 '아주' 멋있고, 오늘 급식이 '정말' 맛있고, 자동차가 '매우' 빨리 달리고, 교실이 '참' 시끄러운 것이겠죠. 이미 많은 사람들이 쓰고 있는 이런 말을 두고 점잖지 못한 새로운 말들을 계속해서 만들어 쓸 필요가 과연 있을까요?

　이 말들이 너무 심심하고 평범해서 싫다면 '짜장'이나 '되우'라는 우리말을 써보도록 아이에게 권해주시면 어떨까요? '짜장'은 '과연 정말로'라는 뜻의 순우리말입니다. '되우'는 '되게'라는 말과 똑같은 뜻을 가진 말입니다.

　　"그 남자는 짜장 멋있다."
　　"오늘 급식이 짜장 맛있다."
　　"교실이 되우 시끄럽다."
　　"자동차가 되우 빨리 달린다."

　이렇게 정감 있는 우리말을 써서 말하니 오히려 참신하고 재미나지 않나요?

유행어 따라 하는 아이,
방치하면 생각 없는 아이 된다

몇 년 전에 우리나라 공중파 방송의 한 시트콤 드라마 속에서 아역 배우가 쓰기 시작하면서 크게 유행한 말이 하나 있습니다. 어른들도 한 번쯤은 따라해 보았을 '빵꾸똥꾸'라는 말이 그것입니다. 얼핏 들어서는 무슨 뜻인지 잘 알 수 없는 이 말은 드라마 속에서 자기 마음에 안 들거나 불만스러운 사람을 향해 철부지 어린아이가 무시로 사람들에게 소리치던 말로 기억합니다.

그런데 말소리가 재미있어서인지, 아니면 드라마가 큰 인기를 얻어서인지, 드라마 속 아이가 쓰는 이 말이 실생활에서 급속하게 유행되기 시작했습니다. 급기야 온 동네 골목에서 꼬마들이 여기저기서 '빵꾸똥꾸'라고 소리치면서 놀았더랬지요. 심지어 요즘도 이 말을 쓰는 아이를 종종 봅니다. 이 말이 한창 유행할 당시 아이들을 지도하던 주위 선생님들 말씀을 들어보면 유치원에서도, 초등학교에서도 이 말이 대화의 맥락에 상관없이 아무 때나 아이들 입에서 튀어나오는 바람에 신경이 곤두설 정도였다고 합니다.

아이들은 왜 이토록 유행어를 맹목적으로 따라 할까요? 텔레비전에 나오는 말을 현실에서 자기들도 쓸 수 있다는 게 마냥 신기한 것일까요?

유행어에 탐닉하는 아이들의 심리

아이들이 쓰는 유행어는 주로 인기 드라마나 텔레비전 광고, 그리고 각종 예능 프로그램 등에서 만들어져 빠르게 퍼집니다. 특히 〈개그콘서트〉와 같은 코미디 프로그램의 영향이 꽤 크지요. 유행어의 발원지가 되는 이런 프로그램들의 공통점이 무엇인지 혹시 아시겠습니까? 바로 어른들도 함께 보는 프로그램이라는 것입니다. 오히려 아이들이 즐겨 보는 어린이용 프로그램에서는 좀처럼 유행어가 생산되지 않습니다.

이로부터 아이들이 유행어에 탐닉하고, 유행어 사용을 재미있어 하는 이유를 생각해볼 수 있습니다. 위의 프로그램에서 유행어를 말하는 사람들은 주로 어른들입니다. 아이들은 어른들의 특별한 언어인 유행어를 따라 함으로써 마치 자신이 특출하고 대단한 존재가 된 듯한 착각에 빠집니다. 거기에는 바로 어른들이 쓰는 말을 흉내 내고 싶은 심리가 숨어 있는 것이지요.

그뿐만이 아닙니다. 유행어를 따라 하면 친구들의 관심을 얻을 수 있고, 또래끼리 소속감이나 연대감을 형성할 수 있습니다. 또 유행어를 먼저 알고 난 뒤에 그것을 미처 모르고 있던 친구들에게 가르쳐 주는 것은, 남보다 유행에 앞서 간다는 우월 의식을 드러내는 행동이 아닐까 생각됩니다. 일종의 '대장 노릇'이라고 여기는 듯 보이기도 합니다.

사실 유행어는 적절하게만 사용하면 대화의 양념 역할을 톡톡히 하여 대화를 윤기 나게 합니다. 유행어를 사용할 적절한 때를 찾아내고 분위기에 맞춰 유행어를 구사한다면 사람들에게 유머 감각깨나 있다는 소리를 듣는 재담꾼이 될 수도 있습니다. 이런 측면에서 보자면 유행어가 아이의 사회성 발달이나 또래 친구를 사귀는 데 도움이 될 수도 있습니다. 또한 어떤 유행어는 속담처럼 교훈적이거나 함축적인 뜻을 담고 있어서 아이들의 표현력을 높이는 데도 적잖이 도움이 될 수 있겠습니다.

그러나 이것은 어디까지나 유행어의 사용이 적절하게 이루어진다는 엄격한 조건을 전제로 할 때 그렇다는 것입니다. 유행어가 무분별하게 아이들의 입에서 나오는 순간 이것은 이利보다 해害가 더 많습니다.

유행어 쓰는 아이는 언어 발달이 빠르다?

아이가 처음 유행어를 말할 때 부모들은 대부분 대수롭지 않게 여깁니다. 아니 오히려 '재미있다'고 반응을 해주어서 아이의 유행어 사용을 부추기기도 합니다. 부모들의 심각한 착각 중 하나는, 유행어를 사용하는 아이가 또래보다 언어 발달이 빠르다고 여기는 태도입니다. 유행어는 대부분 어른의 말이기 때문에 그런 착각을 할 만도 합니다. 그러나 아이들이 사용하는 유행어는 주체적인 판단에 의해 이루어지는 것이 아니라 단순한 '흉내'에 불과합니다. 그래서 유행어 사용이 오히려 아이에게 위해危害가 되면 되었지, 언어 발달의 척도가 될 수는 없는 것입니다.

유행어의 가장 큰 위해가 무엇이라고 생각하십니까? 바로 아이들을 '생각'이 없는 사람으로 만든다는 것입니다. 유행어는 이미 완결된 문장 형태입니다. 이미 완결되어 있기에 유행어에는 응용이나 변형이 없습니다. 남들이 한 말을 앵무새처럼 그대로 따라 하는 행위에 지나지 않습니다. 그렇다 보니 유행어에는 유행어를 말하는 사람의 '생각'이라는 게 담길 여지가 없습니다. 자기 혀, 자기 목청, 자기 입으로 말하면서도 정작 말하는 사람의 '생각'이 결여되어 있는 '남의 말'. 그것이 바로 유행어입니다. 유행어를 많이 사용하면 할수록 자신의 생각을 담은 '말하기 능력'은 반대로 자꾸 떨어지게 되는 것이지요.

더욱이 요즘에는 앞에서 예로 든 '빵꾸똥꾸'와 같이 타인을 무시하고, 더 나아가 비방하거나 비하하는 듯한 유행어가 자꾸 생겨나고 있어 특별한 주의를 요합니다. 아무리 유행어라고 해도 이런 말을 듣는 상대는 결코 기분이 유쾌할 수 없는 법이지요. 오래전에 〈개그콘서트〉의 '봉숭아 학당' 코너에서 아랫사람에게 외치던 '나가 있어'가, 당시 학교에서 다른 학생들을 무시하는 유행어로 사용되기도 했으니까요. 다른 사람을 무시, 비방, 비하하는 의미를 내포한 유행어는 타인을 존중하고 배려하는 마음을 결여하여 우리 아이의 건강한 도덕성 발달을 저해하는 요인이 됩니다.

아이의 유행어 사용, 어떻게 대응할까?

각종 첨단 멀티미디어 매체가 발달하면서 유행어의 발생 빈도는 늘어나고, 유행어 생존 주기는 점점 짧아지는 추세입니다. 따라서 유행어를 일상생활에서 사용할 기회가 많아졌습니다. 이런 세태의 변화를 국어 교과서도 외면할 수 없었던지 초등학교·중학교 국어 교과서에서 유행어의 바른 사용법에 대해 다루기 시작했습니다. 그렇다면 이 즈음에 가정에서는 아이들의 유행어 지도를 어떻게 하면 좋을까요?

유행어를 사용하면 대체로 다른 사람들이 즐거워하거나 재미있어

하는 반응을 보이므로 아이는 더 열심히 유행어를 남발하는 경향이 있습니다. 처음 한두 번은 함께 웃으면서 격려할 수 있지만 동일한 유행어가 아이에게서 자꾸 반복된다고 느껴지면 적극적으로 반응해주지 말고, 무덤덤하게 대응하는 것이 좋습니다. 즉 아이들의 유행어 사용을 자극하지 말라는 말입니다. 또한 아이가 사용하는 유행어 대신에 일상어를 일러주는 것도 좋은 방법입니다. 예를 들어 '빵꾸똥꾸'라는 말을 사용한 아이에게 '밉다'는 일상어로 대응해주는 것입니다.

"엄마, 빵꾸똥꾸야."
"엄마가 밉다는 말이지?"

그런데 아이의 입에서 다른 사람을 비방하거나 비하하는 유행어가 튀어나왔을 때는, 누군가에게 직접적으로 상처를 주거나 기분을 상하게 할 수 있는 심각한 상황인 데다가 그런 말을 대체할 일상어도 좀처럼 찾을 수 없는 경우가 많습니다. 그러므로 그 말이 나쁜 말임을 현장에서 즉시 아이에게 타이르고, 다시는 사용하지 않겠다는 다짐을 받아야 할 것입니다.

그리고 요즘과 같이 아이들이 대중매체에 노출되기 쉬운 환경에서는 부모의 관심과 지도가 절실합니다. 유행어의 온상이자, 아이들이 즐겨 보는 프로그램인 〈개그콘서트〉가 몇 세 이상 관람 가능한 프로그램일까요? 무려 '15세'입니다. 15세 이하의 자녀를 두신 부모라면 아이들이 대중매체가 생산하는 유행어에 함부로 맛 들이지 않도록 반드시 '시청 지도'를 해주셨으면 합니다.

약인가, 독인가?
텔레비전과 인터넷의 두 얼굴

누가 가르치지도 않았는데 아이들이 한글을 스스로 터득하는 일이 요즘은 예삿일이 되었습니다. 옛날에는 초등학교 취학 전에 한글을 떼는 아이가 생기면 '영재다, 천재다' 하면서 주변 사람들이 지레 호들갑을 떨기도 했었는데 말입니다.

아이들이 한글을 스스로 터득할 수 있는 것은 뭐니 뭐니 해도 한글이 배우기 쉽게 만들어진 덕분입니다. 한글을 처음 보는 외국인이라도 두어 시간만 가르쳐주면 앉은자리에서 읽고 쓸 수 있을 정도로 쉬운 문자 체계를 가진 것이 바로 우리 한글입니다. 그런데 요즘 아이들의 놀라운 한글 습득의 이유가 단지 '쉬운' 한글에만 있는 것은 아닙니다.

유독 요즘 들어 한글을 스스로 터득하는 아이들이 많아진 것은 다름 아닌 '미디어'의 덕이 큽니다. 아이들이 가족과 함께 즐겨 보는 텔레비전의 덕을 많이 보았고, 인터넷을 기반으로 하는 컴퓨터도 큰 역할을 했습니다.

아이가 처음 한글을 배우는 순간

어린아이에게 자신이 그리고 싶어 하는 것을 마음껏 그려보게 하는 것은 교육적으로 매우 중요한 일입니다. 또 방바닥이나 벽에 낙서를 하지 않도록 아이에게 큼지막한 스케치북을 펼쳐주는 것은 아이를 둔 부모의 상식에 속하는 일입니다. 어린아이에게 낙서는 그 자체로 큰 놀이이자 학습인 것입니다.

아무것도 없는 빈 여백에 자기 손이 움직여 선이 생긴다는 것은 아이들에게는 신기하고 재미있는 일입니다. 우리 아이가 고사리 같은 손을 분주히 움직여가며 그려낸 것이기에, 어떤 낙서가 생겨나든 마냥 흐뭇하게 바라보게 되는 것이 부모의 마음이지요.

"우리 아이 잘한다. 우와, 잘 그린다."

아무리 못 그리는 그림이라도, 아이에게 이렇게 응원하고 격려하는 것은 일종의 언어 자극이자 훌륭한 칭찬으로서 아이의 정신적 성장에 도움을 준다지요. 그렇게 한동안 뜻 모를 추상화만 그려대던 아이가 어느새 글자라는 것을 쓰게 될 때가 있는데, 대한민국 모든 아이가 처음으로 쓰는 글자는 아마도 십중팔구 '엄마'이거나 '아빠'이거나 아니면 제 이름이 아닐까 합니다.

우리 아이도 다섯 살 때부터 한글 공부를 시작했습니다. 아이 이름 석 자를 큼지막하게 종이에 써서 보여주면서, 아이 손을 덮어 쥐고 그 글씨를 따라 써보도록 해주었더랍니다. 그렇게 '주입식' 교육이 며칠 이루어지면 이제 아이는 비록 그림인지, 글씨인지 모를 정도로 서툴지만 혼자서 제 이름을 쓸 줄 알게 됩니다. 아이도 제 이름 석 자를 쓰고 나면 스스로 생각해도 신기한지, "아빠, 아빠" 하며 제 이름이 쓰인 종이를 들고 아빠를 부릅니다. 가르친 보람을 느끼는 순간이랄까요. 그 어린 것이 자기 이름 석 자를 쓸 줄 알게 된 것이 얼마나 신기하고 기뻤던지,

"우와, 우리 애가 자기 이름을 썼네. 여보, 우리 애가 자기 이름을 썼어."

하고 제 가르침의 성과를 아내에게도 자랑합니다.

텔레비전도 잘 활용하면 우리말 선생님이 된다

이렇게 아이가 처음 한글을 배우기 시작하는 것은 처음으로 걸음마를 한 걸음 뗄 때만큼 환호성을 불러일으키는 일입니다. 그러던 어느 날 우리 아이가 종이 한 장을 들고 와서 말했습니다.

"아빠, 뽀로로."

"응?"

"뽀로로."

아이가 들고 온 종이에는 어설프게 그려진 펭귄 한 마리와 그 옆에 삐뚤빼뚤하게 쓰인 '뽀로로'라는 글씨가 보입니다.

"지성이, 네가 쓴 거야?"

"응."

우리 아이가 배운 적도 없고, 부모가 가르친 적도 없는 글씨 '뽀로로'를 나에게 선보이는 순간입니다. 이 낯선 글씨를, 아이는 어디서 배웠을까요?

"뽀로로를 어디서 배웠어?"

"티비에 나와."

아이의 대답은 뜻밖에 간단합니다. 텔레비전을 보고 배웠다는 것입니다. 우리 아이가 즐겨 보는 텔레비전 프로그램에서 늘 보던 자막을 눈으로 익혀서 글씨로 그려냈던 것이죠. 텔레비전이 어린아이들에게 우리말과 글을 익히는 보조 자료가 될 수 있음을 시사하는 대목입니다. 텔레비전을 바보상자라고 여기는 사람들에게는 얼토당토아니한 이야기이겠지만, 아이들이 텔레비전을 통해 말과 글을 배운다는 사실은 분명해 보입니다.

스티브 존슨의 《바보상자의 역습》이라는 책을 보면, 텔레비전이 아이들의 집중력, 인내력, 기억력, 이야기 분석 능력의 향상을 돕는다고 합니다. 더 놀라운 것은 우리의 상식과 달리 책을 읽음으로써 일어나는 두뇌 활동이 텔레비전을 볼 때도 똑같이 일어난다고 하는 이야기입니다. 이런 맥락에서 볼 때 어린아이들이 한글을 익히는 데 텔레비전이 도움이 된다는 가설은 타당성이 충분해 보입니다. 더욱이 요즘 들어 급격히 늘어난 텔레비전 자막이 큰 역할을 합니다. 화면 속 인물의 대사를 거의 그대로 반영하는 자막은, 음성과 문자의 일대일 대응으로 인하여 아이들의 문자 터득에 크게 일조하게 되는 것입니다.

"얼른 텔레비전 끄고 공부하지 못해."

이런 말을 입에 달고 사는 부모에게 텔레비전은 공공의 적이 될 수도 있겠습니다. 하지만 아이들이 유해한 텔레비전 프로그램에 정신을 놓고 몰입하지 않도록 시청 지도만 해준다면, 적어도 아이들이 우리말과 글을 배우는 데 텔레비전이 큰 구실을 할 수 있습니다. 텔레비전이 우리말과 글을 익히는 데 도움이 된다고 단언할 수 있는 것은, 공중파 텔레비전에 나오는 말과 글이 그나마 방송 편집과 심의에 의해 상당 부분 걸러지고 있기 때문입니다. 즉 다듬어지지 않은 말과 글이 공중파 방송에 아무렇게나 나오기 쉽지 않다는 말입니다. 특히 가족 시간대의 공중파 방송이라면 아이의 언어습관을 망치지 않으면서 우리말의 표준을 배우고 익히게 하는 잠재적 교육 자료로 충분히 기능할 수 있습니다.

인터넷은 아이 말버릇을 망치는 주범

정작 조심할 것은 인터넷입니다. 특히 어려서부터 컴퓨터에 친숙하게 해준다고 어린아이들을 인터넷과 컴퓨터 앞에 방치했다가는 머지않아 아이의 말과 글을 망칠 수 있습니다. 현대 국어에 가장 깊고도 많은 생채기를 남긴 것이 바로 인터넷에서 파생된 다양한 '인터넷 언어'입니다. 우리말에 남겨진 생채기가 앞으로도 치유될 가망이 보이질 않습니다. 심지어 인터넷 언어에 감염된 우리말이 언젠가 심각한 불치병에 걸려 아예 회복이 불가능하게 될지 모른다고 걱정하는 전문가도 있습니다.

인터넷 세상에서는 누구나 자유롭게 말할 수 있지요. 즉, 인터넷에 올라온 말과 글은 거의 어떤 제재도 받지 않고 생산된 것입니다. 우리말에 대한 인식의 뿌리가 깊지 않은 어린아이들에게는 치명적인 '위해危害 언어'에 무방비로 노출되는 격입니다. 특히 아이들이 쓰는 나쁜 말의 대부분은 인터넷에서 생산되고 파급된 것일 정도로 인터넷은 아이들의 말버릇을 망치는 주범입니다.

텔레비전 시청 지도가 중요하듯이 인터넷 역시 부모의 관심과 지도가 반드시 뒤따라야만 합니다. 인터넷은 무한한 교육 자료의 보고이자 정보화 시대의 필수 조건이지만, 인터넷 상에 떠도는 나쁜 말을 스스로 정화하고 거를 능력을 갖추지 못한 아이들에게는 언어 습관을 오염시키는 독이 될지 모릅니다. 그러한 독이 든 언어를 아이들이 함부로 입에 대지 않도록, 아이 곁에서 친절하고 든든한 우리말 지킴이가 되어주세요.

'헐' 한 마디로
모든 감정을 뭉뚱그리는 아이들

요즘 아이들끼리 주고받는 대화를 가만히 들여다보면 도저히 알아들을 수 없는 말들이 난무합니다. 때로는 부모가 대화에 끼어들 수 없을 만큼 알아듣기 어려운 말을 아이들이 하기도 합니다. 아이들이 영어 공부를 하도 많이 해서 영어로 대화를 나누기 때문일까요? 아닙니다. 그것은 아이들이 '그들만의 언어'를 사용하기 때문입니다.

아이들은 새로운 말을 끊임없이 만들어 쓰고 있기 때문에 하루 종일 아이들과 붙어서 생활하지 않는 이상, 부모 입장에서 아이들이 일상에서 쓰는 말을 온전히 이해하기는 사실상 불가능합니다. 그나마 저는 아이들의 생생한 언어 현장인 학교에서 아이들과 함께 지내는 시간이 많은 덕분에 요즘 아이들의 언어가 생판 낯설게 느껴질 정도는 아닙니다.

요즘 아이들의 언어는 기성세대가 쫓아갈 수 없을 만큼 급격히 변화하고 있습니다. 아이들 역시 기성세대를 배려하면서까지 그 변화를 늦출 생각은 전혀 없어 보입니다. 왜냐하면 요즘 아이들이 쓰는 말은 긴 말을 짧게 만들어 경제적으로 사용하려는 자연스러운 현상의 하나이기 때문입니다.

인터넷이나 휴대폰으로 신속하게 의사소통하기 위해 극단적으로 기호화되는 것도 시대적 흐름의 하나입니다. 또 그것은 자기들끼리만 통하는 언어를 통해 기성세대와 차별화된 언어생활을 하고자 하는 욕구의 반영이기도 합니다. 따라서 이런 말들이 어른들의 귀에 아무리 거슬리고 이해가 안 된다고 해도 그것은 청소년 또래 문화의 하나로서 존중받아야 할 부분이 분명히 존재합니다.

아이의 감정 표현을 단순화시키는 '헐'

다만 여기서 지적하고자 하는 것은 요즘 아이들의 언어가 지극히 단순화되어간다는 문제입니다. 언어의 단순화는 정교하고 정확한 의사소통의 측면에서 많은 아쉬움을 남깁니다.

"중간고사 범위 엄청나게 많아."

"헐!"

"이 공책은 무려 2천 원이다."
"헐!"

위와 같이 '헐'의 쓰임새가 아이들 사이에서 새로 생겨났습니다. '헐'은 요즘 아이들의 대화에서 툭하면 나오는 말입니다. 특별한 의미가 있어 보이지는 않고, 따라서 국어사전에도 실리지 않은 말이나 대체로 놀랍거나 당황했을 때 나오는 감탄사로 짐작되는 말입니다. 그런데 이 '헐'의 쓰임이 무차별적으로 확대되면서 상대방이 하는 말에 으레 반응하는 수준에서 습관적으로 내뱉는 말이 되었습니다. 다시 말해 자신만의 특별한 감정을 표현하지 못하는 감탄사가 된 것입니다. 그래서 이 말을 듣는 사람도 '헐'을 내뱉은 사람의 생각이나 감정을 전혀 짐작할 수 없습니다. '헐'은 그냥 단순히 '내가 당신의 말을 관심을 가지고 잘 듣고 있다'는 내색을 하는 데 그치는 말이 되었습니다.

더구나 '헐'이라고 반응하고 나면 그 뒤에 아무 말도 덧붙여지지 않습니다. 그냥 한 음절의 짧은 말로 반응해버림으로써 청자의 역할을 다했다고 생각하는 경향이 있습니다. 그냥 외마디로 '헐'이라니, 얼마나 무책임하고 성의 없는 맞장구입니까?

저는 이 말을 주로 중고생이 즐겨 쓰는 것으로 알았는데 나중에 보니 초등학생도 그에 못지않게 일상에서 많이 쓰고 있었습니다. '헐'의 사용 연령이 점점 낮아지고 있음을 알게 되었지요. 그리고 어느 날 여섯 살배기 우리 아들이 저의 말에 '헐'이라고 반응하는 것을 보고 깜짝 놀란 적이 있습니다.

"아빠가 오늘 바빠서 늦게 들어간다."
"헐."

'헐'이라는 말은 코털이 보송보송 나오기 시작하는 중고생들의 입에서나 나오는 말인 줄 알았다가 이제 갓 유치원에 다니기 시작한 우리 아들이 그런 첨단의 언어를 구사하는, 뜻밖의 상황에 맞닥뜨려 얼마나 당황스러웠는지 모릅니다. 아마도 동네 초등학교 형이나 누나들한테 배웠을 테지요. '헐'이라는 한 음절 단어가 이리도 급속도로 보편화될 줄이야! '악화가 양화를 구축한다'는 경제 법칙은 언어의 법칙에도 그대로 적용되는 듯합니다. '악어惡語가 양어良語를 구축한다'라고 할까요?

'헐'의 사용을 줄이는 질문법

어쨌든 아이 딴에는 아빠가 늦게 들어온다는 사실이 당황스럽거나 예상하지 못한 일이라는 표시로 '헐'이라고 말한 것이겠지만, 아빠의 입장에서 기대하는 반응은 그게 아닙니다. 무슨 말인가 하면 늦게 들어간다고 아들에게 전화했을 때 '일찍 들어왔으면 좋겠어', '집에 올 때 맛있는 것 좀 사 와', '오늘 또 늦어?'와 같이 자신의 생각을 담은 말을 아이가 해주었으면 좋겠는데, 짧디짧은 '헐'이라는 말로 허무하게 응대해버리니까 다소 김이 새는 느낌을 받을 수 있다는 말입니다.

웬만한 어른들은 '헐'의 쓰임을 십중팔구 잘 알아들을 수 없기도 하거니와, 설사 이 말이 쓰이는 상황 맥락을 파악하고 있는 사람이라도, 청자의 입장에서 굉장히 서운한 응대가 될 수밖에 없습니다. 이것은 반드시 고쳐야 할 언어습관입니다. 사람들과의 대화를 좀 더 성의 있게 이어가기 위해서는 자신의 감정을 명확한 언어로 표현해주는 것이 필요합니다.

'헐'이라는 단어를 허무는 데는 다음과 같은 방법을 사용해볼 수 있습니다. 아이들은 '-다'로 끝나는 진술형 문장에 '헐'로 반응하기 쉽습니다. 따라서 단순 진술형의 문장을 배제하고 아이들에게 구체적인 감정을 묻는 발문을 해준다면 '헐'의 쓰임을 줄여나갈 수 있습니다.

"아빠가 오늘 바빠서 늦게 들어갈 것 같은데 괜찮겠어?"
"아빠가 오늘 늦게 들어가는 대신 뭐 사 가지고 갈까?"

"아빠가 요즘 많이 늦지?"

"아빠가 오늘 늦게 가는 이유를 혹시 아니?"

이렇게 아이에게 친절하게 발문하면 듣고 싶은 말을 충분히 들을 수 있을 뿐만 아니라, 아이들의 무분별한 '헐'의 사용도 줄일 수 있게 됩니다. 왜냐하면 '헐'은 자기가 접한 정보에 대한 자신의 느낌을 단순하게 표현하는 말이기 때문에 자신의 느낌이나 감정을 구체적으로 묻는 질문을 만나면 얼핏 '헐'이 나오기는 쉽지 않기 때문입니다.

요컨대 아이들의 '헐'을 방치하면 이 말이 아이들의 입에 달라붙어 좀처럼 떨어지지 않게 됩니다. 왜냐하면 아이에게 '헐'은 발음하기 쉬운 딱 한 음절짜리 '초간단' 단어이기 때문입니다. 아이들 입에 달라붙은 '헐'은 아이들의 다양하고 생생한 감정 표현을 사라지게 합니다. 다양하고 생생한 감정 표현이 '헐'에 한데 뭉뚱그려져 아이의 진심마저 이 짧은 말로 뭉뚱그려지는 비운을 맞이할지도 모를 일입니다. 우리 아이의 입에서 '헐'을 헐어버립시다.

영어 단어 섞어 쓴다고
영어 실력이 좋아질까?

세계화의 추세인지, 아니면 영어 교육의 열풍 탓인지 우리말에 외국어가, 그것도 영어가 참 많이 끼어들고 있다는 생각이 듭니다. 학교에 있다 보면 이런 말이 아이들 사이에서 예사로 들립니다.

"민수하고 지영이하고 사귄다며?"
"설마, 레알?"

학생들 사이에서 일상어가 되어버린 '레알'은 영어 'real'의 발음을 변형시켜 쓰는 말로 우리말로는 '정말'에 해당하지요. 그러나 요즘 아이들 중에 '정말?'이라는 말을 사용하여 상대방의 말에 놀라움을 표현하는 아이는 거의 없습니다. 오히려 '정말?'이라고 말하는 아이들이 순박해 보일 정도입니다. 이 '레알'이 근래 난데없이 우리말에 끼어들더니 청소년을 중심으로 일상어로 뿌리를 내리고 있는 지경에 이르렀습니다.

은어와는 또 다른 영어 섞어 쓰기

이런 현상이 아이들끼리 쓰는 은어가 아니겠느냐 하는 사람도 있을지 모릅니다. 그러나 은어는 자기들끼리 쓰는 것인데, 이 말은 불특정 다수에 의해 일상적으로 쓰이고 있다는 점에서 은어와는 다른 문제로 여겨집니다. 또 우리말을 대신해서 다른 나라의 말이 아무런 저항 없이 쓰이고 있다는 점에서도, 이러한 말버릇이 은어 이상의 언어적 문제로 심화될 것이라는 판단을 하기에 충분합니다.

"선생님, 오늘 굉장히 시크하시네요."
"그 부분에 대해서 조금만 디테일하게 설명해주시면 좋겠습니다."

말하는 아이의 표정을 보고, 나쁜 말은 아닐 것이라고 짐작했지만 그 아이에게 '시크'한 게 뭐냐고 물어본 뒤에야 그것이 'chic'에서 온 말인 줄 알았습니다. 그냥 '멋있다, 세련되다'라고 말하지 못하는 이유는 뭘까요? 또 그냥 자세하게 설명해달라고 말하지 못하는 이유는 뭘까요?

아이들이 우리말에 영어 단어를 아무 개연성 없이 섞어 쓰는 것은 사뭇 귀에 거슬리는 게 사실입니다. 구수한 된장국에 서양 치즈를 풀어놓거나, 알록달록한 색동저고리에 나비넥타이를 맨 듯 부자연스럽게 느껴지기 때문이지요.

영어 실력은 영어 어휘력이 아니다

이 즈음에서 영어를 섞어 써야 영어 실력이 는다고 가당치 않은 항변을 하는 사람이 있다면, 영어 실력이 영어 어휘력이냐고 반문하고 싶습니다. 일상생활에서 우리말에 영어 단어를 섞어 사용하는 버릇을 들이면 영어 공부가 된다고요? 우리가 영어를 못하는 것이 영어 단어를 몰라서입니까? 전문가의 말에 의하면 웬만한 영어권 사람들이 일상에서 주로 사용하는 단어는 200개 남짓이라고 합니다. 요즘 중고생들이 설마 영어 단어 200개를 몰라서 영어를 잘 못하는 것일까요?

오히려 영어 단어를 무수히 익히고 몇 년을 영어 공부에 투자했는데도 제대로 영어를 구사하지 못한다는 열등감에서 비롯된 버릇이 아닌가 생각합니다. 우리말에 영어를 간간이 섞어 써서라도 한풀이

하려 하는 것이지요. 그렇게라도 써먹지 않으면 자기가 열심히 익힌 영어를 여러 사람에게 티낼 방법이 없으니까요. 즉 영어 단어를 섞어 말하는 습관은 자신의 지식을 뽐내려는 현학적 태도에 다름 아닐 것입니다.

우리말은 우리의 생각을 표현하기에 충분하다

한편 자신의 생각을 적절하게 표현할 우리말이 딱히 없어 영어를 불가피하게 사용한다는 사람, 잘 골라 쓴 영어 단어 하나가 자신의 생각을 적확하게 표현해준다고 생각하는 사람에게는 우리말이 한민족 고유의 사고방식을 오랫동안 축적해 온 문화유산이라는 원론적 말씀을 드리고 싶습니다. 바꿔 말해 우리나라에서 태어나 우리말을 모어로 사용해온 사람이라면 우리말은 우리의 생각을 표현하기에 충분하다는 것입니다. 많은 사람들이 다음과 같은 영어 단어를 우리말에 섞어 쓰고 있는데, 과연 이 말들이 우리말로 대체가 불가능할까요?

"글로벌한 생각으로 넓게 보자."
"그녀의 매력은 보이시한 것이다."
"드라마틱한 장면이 연출되었다."

"정말 원더풀합니다."

"쿨하고 로맨틱한 남자가 좋다."

"심플할수록 잘 팔린다."

"컬러풀하고 럭셔리한 휴대전화가 많이 나온다."

"이 옷은 너무 타이트해서 못 입겠어."

"그 애는 일하는 걸 보면 참 스마트한 것 같아."

위에 쓰인 말들이 도저히 우리말로 바꿔 쓸 수 없는 말들입니까? 이게 최선입니까? 확실합니까? 이것은 아무리 생각해도 언어습관의 문제이지, 불가피한 언어 사용상의 문제가 아닙니다.

"세계적인 생각으로 넓게 보자."

"그녀의 매력은 선머슴 같은 것이다."

"극적인 장면이 연출되었다."

"정말 굉장합니다."

"시원시원하고 낭만적인 남자가 좋다."

"단순할수록 잘 팔린다."

"다채롭고 고급스러운 휴대전화가 많이 나온다."

"이 옷은 너무 꽉 끼어서 못 입겠어."

"그 애는 일하는 걸 보면 참 똑똑한 것 같아."

이 정도의 우리말이면 앞에 쓰인 영어는 굳이 가져다 붙이지 않아도 됩니다. 구멍 난 옷감을 군데군데 기우듯 조각난 영어를 사용하는 것이 과연 무슨 의미가 있을까요? 완결된 영어를 구사하는 것과 조각난 영어를 우리말에 군데군데 섞어 사용하는 것은 본질적으로 다릅니다. 차라리 부족하더라도 완결된 영어를 구사하는 것은 그야말로 외국어 능력 향상을 위한 훈련이라고 할 수 있고, 그것이 설사 어설픈 영어 회화라도 영어 공부를 위한 연습이라고 가상하게 여길 수 있는 부분입니다. 단언컨대 '누더기 영어'로는 아무도 뜻한 바를 이룰 수 없습니다. 우리말에 대한 자존감을 훼손하고 우리말을 오염시킬 뿐입니다.

우리 사회가 영어 교육에 몰입하고, 국제화·세계화의 강박에 매몰되는 동안 우리말을 존중하고 우리말로 말하겠다는 의식을 가정과 학교에서 제대로 가르치지 못했습니다. 우리말은 우리의 사고를 표현하기에 딱 맞는 '맞춤 언어'입니다. 그래서 섬세한 표현을 할 때는 우리말이 훨씬 더 유리합니다. 앞으로 자신의 생각을 속 시원히 표현할 우리말 낱말이 떠오르지 않거든 우리말 어휘력이 부족함을 한탄하십시오. 그것이 대한민국 사람으로서의 의무이자 자존심 아니겠습니까? '지피지기知彼知己'라는 사자성어는 원래 병법에서 쓰던 말이라는데, 오늘날 젊은 친구들의 언어 씀씀이도 지피지기가 필요하지 않나 싶습니다. 제 말도 제대로 쓸 줄 모르면서 어떻게 남의 나라 말을 정복하겠습니까?

'소시'? '안여돼'?
의사소통을 가로막는 줄임말

아이가 학교에 들어가면 본격적으로 또래들과 함께 생활하기 시작하면서 단체 활동이라는 것을 하게 됩니다. 단체 활동, 혹은 집단 활동을 하게 되면 그 집단 내부에서 '끼리끼리' 통용되는 새로운 말을 배우게 됩니다. 초등학교에 들어가면 많은 또래 아이들과 한꺼번에 접촉하게 되면서 취학 전에 사용하지 않던 어휘를 새롭게 사용하고, 말투도 조금씩 변하게 됩니다.

또래 집단 속에서 욕설이 섞인 비속어도 배우고, 은어도 배웁니다. 그런데 취학 후 아이들이 새로 배워오는 말은 십중팔구 줄임말에서 파생된 것입니다. 또래 집단 안에서 생산되고 통용되는 줄임말을 또래들과의 실제 대화에서 말하고 듣는 체험을 반복하게 되면 줄임말이 아이에게 저절로 내면화되고, 이것이 비속어나 은어 등 부모 세대와 전혀 다른 언어문화를 만들어냅니다. 결국 취학 전에는 발현되지 않던 언어습관이 새로 드러나게 되는 것이지요. 요컨대 취학 후 아이들의 언어생활의 문제점은 대부분 줄임말에서부터 나온다고 할 수 있습니다.

줄임말은 아이와의 소통을 위협한다

그런데 부모가 가장 눈여겨봐야 할 사항은, 아이가 줄임말을 남발하면서부터 부모는 아이와 의사소통이 단절될 위기에 처하게 된다는 사실입니다. 그렇기 때문에 이 줄임말에 대해서 경각심을 가지고 아이들을 지도하고 설득할 필요가 있는 것입니다.

텔레비전을 보며 간식을 먹던 아이와 아내가 다음과 같은 대화를 주고받습니다.

"나는 요새 소시가 좋더라."
"소시지가 그렇게 좋아? 내일 사줄게."
"엄마, 소시지가 뭐야, 내가 좋아하는 건 소시라고!"
"소시가 뭔데?"

아이는 텔레비전 속에 나온 아이돌 그룹 '소녀시대'를 말하는 것인데, 아내는 이를 전혀 알아듣지 못하고 있습니다. '소녀시대'가 아이들한테 인기를 얻으면서 또래 가운데 화제로 자주 오르내리다 보니 음절을 줄여 간편하게 말하려는 욕구가 발동하였고, 자연스럽게 두 글자를 따내어 '소시'라는 줄임말을 만들어 사용하게 된 것입니다. 이 말은 또래 사이에서 '소녀시대'라는 말보다 오히려 더 많이 쓰고 있습니다.

그런데 이 말은 소녀시대를 자주 접하거나 관심이 많은 청소년층에게는 충분히 이해할 수 있는 보편적인 줄임말일지 모르나, 기성세대에게 '소시'는 '소시지'의 일부 음절로밖에 인식되지 않습니다. 설사 소녀시대를 잘 알고 있는 기성세대일지라도 말입니다.

그 밖에도 요즘 아이들은 '자소서(자기소개서)', '문상(문화상품권)', '패마(패밀리마트)', '학주(학생주임 선생님)' 등 이루 헤아릴 수 없이 많은 말들을 무차별적으로 줄여 사용합니다. '우결(우리 결혼했어요)', '무도(무한도전)', '남격(남자의 자격)' 등 텔레비전 프로그램의 이름을 줄이는 것은 매체가 오히려 주도하여 아이들이 따라 쓰는 사례이기도 합니다.

"우결을 봤더니 패마에 가서 문상을 내고 뭘 사더라."

이런 식으로 아이들이 얘기해버리면 이를 알아들을 부모가 몇이나 될까요? 이런 말이 점차 늘어날수록 아이와의 소통이 단절될 위험도 커집니다. 따라서 아이들이 줄임말을 사용할 때는, 상대방이 줄임말을 충분히 이해할 수 있을 만큼 비슷한 환경 맥락을 공유하고 있는 사람인가를 고려하도록 해야 합니다. 왜냐하면 줄임말은 모든 사람들에게 보편적으로 통용될 수 있는 말이 아니기 때문입니다. 줄임말을 또래끼리 쓰는 것은 무방합니다. 그것은 또래의 문화이기 때문에 강제로 줄임말을 못 쓰게 할 필요도 없고 그럴 수도 없습니다. 다만 그 말은 자기들끼리만 소통할 수 있는 것이지, 다른 사람들에게는 낯선 언어일 것이라는 인식이 아이들의 머릿속에 있어야 합니다.

아이가 낯선 말을 하면 무슨 뜻인지 물어보라

원래의 말을 써도 될 자리에 굳이 줄임말을 사용하는 것은 말을 잘 알아듣지 못하는 사람에게 소외감과 위화감을 준다는 사실을 아이들이 알았으면 합니다. 야간 자율학습 시간에 이런 일이 있었습니다. 교실에서 나와 어디론가 가는 학생을 붙잡고 "너 어디 가니?" 하고 물었습니다. 그때 그 학생의 응답이 나에게 정말로 소외감이 들게 했습니다.

"네, 저 멀미실에 컴퓨터 숙제하러 가요."

속으로 '멀미실? 우리 학교에 멀미하는 교실이 있었던가' 하는 생각을 하고 있는데, 곧이어 그 학생이 의아해하는 나를 보며 한심하다는 듯한 표정으로 말했습니다.

"멀티미디어실이요."

학교에서 오랫동안 근무하면서도 우리 학교에 '멀미실'이 있다는 것을 알지 못했습니다. 컴퓨터 등 멀티미디어 기자재가 있는 '멀티미디어 교실'을 아이들이 '멀미실'로 줄여 쓰는 현실을 눈앞에서 보고, 나만 몰랐을까 하는 생각에 그야말로 '소외감'을 느낄 수밖에 없었지요.

혹시 아이들이 귀에 낯선 말을 하거든 '내가 잘못 들었겠지' 하면서 그냥 넘기지 마시고 아이에게 다시 한 번 이야기해달라고 해보세요. 그렇게 해서 아이가 무슨 말을 쓰는지, 어떤 말의 줄임말을 사용한 것인지 확인해보는 것이 좋습니다. 이런 식으로 아이의 말에 조금씩 관심을 보여주세요. 의사가 환자를 치료하기 전에 문진을 하고 각종 검사를 하듯, 아이들의 언어습관을 고치기 위해서는 먼저 아이들이 어떤 말을 쓰고 있는지 파악해야 하는 것이 순리이기 때문입니다.

말 한 마디 한 마디를 부모가 캐물으면 아이들이 귀찮게 여길 것이라고 지레 짐작하시지요? 그러나 아이들은 부모가 자신의 말에 관심을 가져주는 것에 뜻밖에 호의적으로 반응합니다. 더구나 엄마, 아빠도 모르는 말을 자신이 알고 있다는 것에 뿌듯해하는 아이들이 꽤 많습니다. 학교 수업 중에 아이들이 무심코 던지는 줄임말의 의미를 그때그때마다 물어본 덕분에 저도 아이들의 언어를 꽤 많이 알게 되었거든요. 부모님들도 가정에서 조금만 더 관심을 가지고 아이들의 이

야기에 귀를 기울여보면 아이들의 재미있는 언어 현상에 흥미를 가
지게 될지도 모릅니다.

줄임말을 쓰는 데도 최소한의 예의는 있다

아이들이 잘 쓰는 줄임말은 앞에서 살펴본 것처럼 원래의 말에서
글자 일부만을 취해 만든 것도 있지만 발음이 축약되는 형태를 띠고
있는 것도 있습니다. 다음은 휴대전화로 받은 문자메시지의 일부분
입니다.

'설 왔는데 암도 없네요.'

이 말을 원래의 말로 복원하면 '서울 왔는데 아무도 없네요'입니
다. '서울'과 '아무'를 발음상 축약하여 줄인 형태인 '설'이나 '암'은 문
자로 봤을 때 그 의미를 유추하기가 매우 힘듭니다. 이 말이 입에서
나왔다면 사정이 달라집니다. 현장에서 귀로 들었다면 청각적으로
는 이 말들을 이해하기가 어렵지 않습니다. 그래서 아이들이 보낸 문
자를 소리 내어 읽어보면 이해될 때가 종종 있습니다. 글자가 임의로
없어진 막무가내 줄임말과 달리 발음상으로 축약된 것이기 때문에
그렇습니다.

그러나 입말에서는 원래의 말이 자연스럽게 줄어들어 청각적으로는 큰 무리 없이 이해되고 통용될 수 있겠지만, 이것이 글말이 되었을 때는 위에서 예로 든 문자메시지처럼 의사소통에 지장을 줍니다. 청각적으로 '서울'과 '설', 그리고 '아무'와 '암'은 문맥 안에서 충분히 이해할 수 있는 말이지만, 시각적으로 확인할 때 '서울'과 '설', 그리고 '아무'와 '암'은 분명히 다른 낱말일 수밖에 없습니다. 그래서 '설'과 '암'은 생뚱맞은 낱말로 오인될 수 있고, 작지 않은 혼란을 줄 수 있는 것이지요.

그런데 요즘 청소년들은 이런 형태의 말들을 입말에서만 구사하는 것이 아니라, 글말에서도 일상적으로 사용하고 있어 난처한 경우가 자주 발생합니다. 주로 인터넷 전자우편이나 댓글, 그리고 휴대전화 문자메시지 등에서 빈번하게 사용되는 이러한 발음 축약형 글자들은 이런 글자들의 쓰임에 익숙하지 않은 사람들에게 의사소통의 어려움을 불러일으킨다는 점에서 문제가 있다고 하겠습니다.

또 하나의 문제점은 청소년의 줄임말이 다른 사람을 비하하는 뜻으로 은밀하게 쓰인다는 데 있습니다.

"너는 안여돼야." (➡ 안경 쓴 여드름 돼지)

"어디서 듣보잡이 나타나서 호들갑이니?" (➡ 듣도 보도 못한 잡놈)

"내 말을 이해 못 하겠니? 여병추구만." (➡ 여기 병신 하나 추가)

'글자'가 줄고, '발음'이 줄어드는 앞의 줄임말과 달리 긴 '어구'를 압축하여 놓은 이런 형태의 줄임말들은 언어의 효율성을 추구하는 본래의 목적에서 벗어났기 때문이기도 하지만, 도덕적으로도 용납하기 힘든 말들입니다. 게다가 무엇의 줄임말인지 모르고 들어서는 의미를 전혀 짐작할 수가 없습니다. 그야말로 줄임말도 정도껏 해야 효율적이고 때로는 재미도 있지, 이렇게까지 남발해서야 이것을 두고 어떻게 우리말이라고 할 수 있을까요?

　모쪼록 우리 아이들이 줄임말을 쓸 때와 쓰지 말아야 할 때를 구별할 줄 알았으면 합니다. 그것이 줄임말을 사용하는 최소한의 예의입니다.

'짜증 나'와 '좋아요'밖에 모르는
아이의 표현력은?

 사용하는 어휘가 단순하면 생각도 단순해진다

어느 날 유치원에 다녀온 우리 아이가 현관에 들어서자마자, 글로 는 표현할 수 없는 정말 짜증이 잔뜩 묻은 목소리로,

"짜증 나."

이러는 것이었습니다. 그래서 제가 물었습니다.

"뭐가 그렇게 짜증이 나?"

"선생님이 다른 친구들한테는 칭찬 다 해주고, 나한테만 칭찬을 안 해주잖아."

"다른 날은 너한테도 칭찬 많이 해줬잖아. 오늘은 깜빡 잊으셨겠지."

"몰라, 짜증 나."

평소 샘이 많은 우리 아이가 투덜대는 이유는 칭찬을 못 받아서였던 것입니다. 그래서 그날은 그러려니 하고 아무렇지 않게 가볍게 웃고 넘어갔습니다. 그런데 요 녀석이 그 이후로 틈만 나면 '짜증 나, 짜증 나'를 연발하는 것이었습니다. 아마도 유치원이나 놀이터에서 형이나 누나들한테 그런 말투를 배웠다가 입에 밴 모양이었습니다. 밥상에서 입맛에 맞는 반찬이 없으면 "짜증 나". 외출할 때 자기가 입고 싶은 옷 말고 다른 옷을 권할라치면 "짜증 나". 이렇게 '짜증 나'가 입에 붙기 시작했습니다. 안 쓰던 말을 쓰면서 아이의 품성까지도 비뚤어지는 듯한 느낌마저 들었습니다.

'짜증 나'를 본격적으로 사용하는 부류는 바로 중고생들입니다. 사춘기에 접어든 중고생들은 언짢거나 불만스러운 일이 자기에게 닥치면 반사적으로 "짜증 나"라고 자신의 감정을 표출합니다. 실제로는 '짜증'을 '짱'으로 줄여서 "짱 나"라고들 하지요. 그런데 안 좋은 일에는 무조건 '짱 난다'고 말하다 보니 그 말을 듣는 사람의 입장에서는 그냥 기분이 나쁘다는 느낌은 알겠는데 구체적으로 '짱 나는' 기분이 도대체 어떤 감정인지, 왜 기분이 나쁜지에 대해서는 좀체 공감하기 힘듭니다. 가령 선생님이 숙제를 내주면 '짜증 나'라고 되뇌기 일쑤입니다. 학교 급식 메뉴가 맘에 들지 않는 날에는 식당에 들어서자마자 '짱 나'가 입에서 저절로 나옵니다. 친구가 장난을 걸어와도 '짱 나'로 응수합니다. 마음에 들지 않으면 무조건 '짱 나'입니다.

우리말에는 자신의 감정을 표현할 수 있는 말이 수없이 많습니다.

그런데도 마음에 들지 않는 정서적 상황을 '짱 나' 하나로만 표현하려고 하니 어린 친구들의 말 씀씀이가 단순해지고 얄팍해집니다. 사용하는 어휘가 단순하면 '생각'도 단순해지고 짧아지기 마련입니다.

아이의 나쁜 말을 다른 말로 바꿔주는 훈련

이런 이유로 '짱 난다'는 중고생식 표현이 그렇지 않아도 마음에 걸리던 차에 우리 아이까지 난데없이 그 말을 배워서 입에 달기 시작하는 것을 보고 특단의 조치를 내리게 되었습니다. 바로 '짜증 나'를 다른 말로 대체하는 훈련입니다.

밥상에서 입맛에 맞는 반찬이 없어 아이의 입에서 "짜증 나"라는 말이 나오면, "맛있는 반찬이 없어서 밥 먹기 싫다는 말이지? 그럼 다음부터는 '짜증 난다'고 하지 말고 '맛있는 반찬이 없어서 밥 먹기 싫어요'라고 얘기해줬음 좋겠어"라고 타일렀습니다.

또 외출할 때 자기가 입고 싶은 옷 말고 다른 옷을 입히려고 해서 아이가 "짜증 나"라고 말하면, "네가 입고 싶은 옷을 못 입게 해서 속상하다는 말이지? 그럼 다음부터는 '속상하다'고 말하면 좋겠어. 아니면 그냥 '이 옷은 입기 싫어요'라고 말하든지"라고 타이르기 시작했습니다.

유치원에서 선생님이 칭찬을 안 해주어 뽀로통한 날에는, "선생님에게 섭섭했다는 것이지? 그럼 '나 오늘 선생님 때문에 섭섭했어'라고 말하면 좋겠어." 이런 식으로 '짜증 나'가 아이의 입에서 나오는 순간마다 자신의 정확한 감정을 표현할 수 있도록 조심스럽게 대안을 제시해주며 타일렀습니다. 무엇보다도 '짜증 나'라는 한 가지 말로 자신의 다양한 감정을 일률적으로 표현하는 것이 바람직하지 않다고 생각하였기 때문에 수고롭더라도 그렇게 한 걸음씩 아이를 인도하였습니다. 나쁜 말을 무작정 못 쓰게 강압하지 않고 다른 말을 차분하게 가르쳐주고 좋은 말을 쓰도록 유도한 덕분에 아이는 머지않아 '짜증 나'라는 말을 눈에 띄게 줄여나가기 시작하였습니다.

다양한 감정 표현을 도와주는 발문법

텔레비전에서 아이들과 인터뷰하는 것을 듣다 보면 이런 장면이 자주 나옵니다.

"엄마, 아빠랑 여기에 와보니까 어때요?"
"좋아요."
"이번에 1등을 했는데 기분이 어때요?"
"좋아요."

대여섯 살 아이에게 리포터가 물으면 대답은 천편일률적으로 '좋아요'가 나올 수밖에 없습니다. 어린아이들이 구사할 수 있는 어휘 수준이 그 정도이기 때문입니다. 리포터의 입장에서는 좀 더 역동적인 인터뷰를 하고 싶은데 어린 친구들의 대답이 시원찮게 느껴질 수도 있겠지요.

앞서 아이들이 불만을 '짜증 나'로 표현한다고 하였는데, 이와 마찬가지로 아이들은 기분 좋은 상황에서는 무조건 '좋아요'라고 답하는 경향이 있습니다. 무엇이 좋은지, 왜 좋은지, 어떻게 좋은지에 대해서 구체적으로 감정을 표현하기보다는 그냥 '좋다'고 표현하는 데 익숙해있고 그것을 편하게 느끼기 때문이겠죠. 아이들이 자신의 좋은 감정 상태를 다양하게 표현하도록 부모가 도와줄 수 있습니다. 바로 발문을 가지고 도와주는 것입니다. 앞의 리포터가 했던 발문을 예로 들어보겠습니다.

"엄마, 아빠랑 여기에 와보니까 어때요?"
"좋아요."
"만족스러워요? 아니면 행복해요?"

이렇게 물어도 '좋아요'라는 일률적인 답이 나올까요? 예상되는 느낌을 미리 여러 개 제시하는 형태로 발문하면 아이는 '좋아요' 대신에 '만족스럽다' 혹은 '행복하다'는 표현을 자신의 입으로 직접 사용해볼 수 있고, '좋은' 감정의 종류가 다양하게 분화될 수 있음을 은연중에 배우게 됩니다.

"고생한 끝에 1등을 했는데 이제 속시원해요? 아니면 날아갈 듯 기뻐요?"

물론 이렇게 묻는 것이 아이의 사고를 제한할 우려가 없는 것은 아닙니다. 왜냐하면 아이의 마음이 속시원한 것과 날아갈 것 같은 두 가지 기분 중에 하나이리라는 법은 없으니까 말이죠. '좋아요'를 지나치게 많이 사용하는 아이를 위한 교육 방법의 하나로서 제안하는 것이지 모든 아이들에게 이렇게 시키라는 것은 아닙니다. 다만 이런 발문이 지속되면 좀 더 다양한 낱말을 아이에게 제시할 수 있을 것이고, 이것이 쌓이다 보면 아이의 어휘력은 물론 표현 능력도 분명히 좋아질 것입니다.

혹시 우리나라 국가대표 축구선수를 위한 '언론 인터뷰 가이드'가 있다는 사실 들어보셨습니까? 온 국민의 가장 큰 관심을 받고 있는 선수들이다 보니 언론과의 인터뷰가 매우 잦은데 선수들의 대답이 지나치게 천편일률적이라서 축구협회에서 인터뷰를 재미있고 다양하게 하자는 취지로 선수들에게 이것을 나누어주고 교육도 하나 봅니다. 그 책자에는 이런 내용이 있습니다.

‘최선을 다하겠습니다’, ‘열심히 노력하겠습니다’와 같은 평범하고 무성의해 보이는 표현보다 자신만의 개성 있는 표현이나 사람들의 관심을 끌 만한 구체적인 표현을 하면 좋다는 것입니다. 가만히 생각해보십시오. 왜 일반 선수들보다 국가대표 선수가 인터뷰를 세련되게 하는지. 가르치고 배우다 보면 표현력은 분명 좋아집니다.

'말은 곧 사람이다.'라는 경구가 있지요. 이 말처럼 아이의 언어습관은
훗날 아이가 어떤 사람이 되느냐를 결정할 만큼 중요합니다.
지금 부모님과 아이가 쓰는 말이 곧 아이의 인격을 형성하니까요.
또한 언어는 생각의 도구입니다.
따라서 어릴 때 언어 능력을 잘 갖추어야만 아이의 사고력,
관찰력, 구술력 등이 발달하여 공부를 잘할 수 있습니다.

2장

어릴 적 언어습관이
아이의 미래를 결정한다

우리말은 우리 아이가 살아갈
든든한 집이다

하이데거라는 철학자가 '언어는 존재의 집'이라는 알 듯 말 듯한 말을 했습니다. 아무리 곱씹어보아도 우리 정서에서 나온 말이 아니라서 그런지 가슴 속에 딱 꽂히는 말은 아닙니다. 그런데 언어학이나 철학을 공부하는 사람에게 이 말은 매우 멋진 말인가 봅니다. 공부 좀 했다는 사람 입에서 심심찮게 이 명언이 나오는 것을 보면 말입니다. 왜 그렇게 유명한 말이 되었는지는 모르겠지만 저에게 이 말이 중요하게 느껴지는 이유는 단 하나, 언어는 인간의 존재를 좌지우지할 만큼 중요하다는 진실을 이 명언이 비유적으로 담고 있기 때문입니다. 우리가 이 세상에 존재하는 데는 '언어'라는 '집'에 의지하는 바가 크고, 또 우리는 그 '집'을 벗어나기 매우 힘든 처지에 있습니다.

요컨대 인간이 살아가는 데 언어만큼 중요한 것이 드뭅니다. 가령 미국에 건너가 편하게 지내기 위해서는 '돈'도 필요하고, '집'도 필요하고, '자동차'도 필요할지 모르겠지만 당장 필요한 것은 정작 그런 물질적인 것이 아니라 바로 '말'입니다. 미국에 살면서 영어를 말할 줄 모른다는 것은 그만큼 그곳에서 '살기' 어렵다는 것을 뜻합니다. 영어를 구사할 줄 모른다고 할 때, 그것은 단순히 생활에 불편함이 따른다는 의미만은 아닙니다. 영어를 말하지 못한다는 것은 곧 미국의 정서와 문화와 분위기를 이해하지 못한다는 뜻입니다. 미국에 살면서 정작 미국을 모른다는 의미가 되는 것이지요.

진정으로 우리 아이를 사랑하는 마음이 있다면 아이에게 앞으로 물려줄 것은 집도 아니고 재산도 아닙니다. 좋은 대학 가려고 배우는 영어, 그것도 아닙니다. 다른 나라에 이민 가서 평생을 살 생각이 아니라면, 앞으로 대한민국에 뿌리를 두고 대한민국 국민으로 살아갈 아이들에게 우리는 무엇을 남기고 무엇을 가르쳐야 할까요? 우리가 진심을 담아 아이에게 가르칠 것은 버터 발린 기름진 영어가 아니라, 순박하면서도 담백한 우리말이라야 합니다. 그 우리말이 우리 아이가 존재할 수 있는 든든한 '집'이 되어줄 것이기 때문입니다.

'좋은 아침'과 '안녕히 주무셨어요'의 차이

사촌 누님이 외교관을 만나 결혼을 하였습니다. 매부가 외교관인 덕에 꽤 오랜 기간을 다른 나라에서 지냈습니다. 또 매부가 발령을 받은 나라─미국, 싱가포르, 벨기에, 세네갈을 거치면서 온 식구가 대륙을 넘나드는 이사를 여러 번 해야만 했습니다. 이렇듯 고국을 오랫동안 떠나 힘든 이국 생활을 하였지만, 매부가 이 나라 저 나라 발령이 잦아 오히려 세계 각국을 여행하듯 돌아다니는 재미가 있었기에 그다지 힘들지 않았다고 합니다. 그야말로 아메리카, 아시아, 유럽, 아프리카를 차례로 순방하고, 한국을 떠난 지 20년이 넘어 드디어 매부가 한국으로 발령이 났습니다.

한국으로 돌아온 누님에게는 중학생 아들과 고등학생 딸이 있었습니다. 외교관인 아버지를 따라 국제적인 교육을 받은 터라 우리말보다 영어가 오히려 더 유창한 아이들로 성장해 있었습니다. 그중 중학생인 남자 조카가 저를 처음 대면하여 던진 한마디는,

"하우아유How are you?"

우리말을 전혀 못하는 것도 아닌데 유감스럽게도 첫 인사는 영어식 인사였습니다. 그렇게 며칠을 우리 집에서 함께 지냈는데 아침에 일어나서 하는 인사 역시,

"굿모닝."

"아저씨한테 영어 쓰지 말고, 한국어로 말해야지."

조카가 쓰는 영어가 신경 쓰였던지 누님이 조카의 영어 사용을 견제하고 나섰습니다. 그러자 조카는 어눌한 우리말 발음으로 "좋은 아침입니다"라고 고쳐 말했습니다.

반면에 그 당시 일곱 살 먹은 우리 아이가 누님(아이에게는 고모뻘이 되겠습니다)에게 한 인사말은 이것이었습니다.

"안녕히 주무셨어요?"

아이의 또박또박한 인사에 누님은 "그래, 지성아. 어쩜 그렇게 인사를 예쁘게 잘하니?" 하며 반색을 했습니다.

영어를 잘하는 조카가 왕따를 당한 까닭

'좋은 아침'은 '굿모닝'을 우리말로 번역한 것이지 우리말이 아닙니다. 정말 우리말로 된 인사는 '안녕히 주무셨어요?'가 되어야 합니다. 그래야만 한국 사람은 비로소 제대로 된 의사소통이 이루어졌음을 느낍니다. 우리말을 안다는 것은 낱말 하나하나의 사전적 의미를 아는 것이 전부가 아닙니다. 영어로 된 문장을 기계적으로 우리말로 번역해내는 것은 결코 우리말을 잘하는 것이라고 할 수 없습니다. 우리 조카는 10년이 넘는 해외 생활로 우리말의 정서와 분위기를 말 안에 담을 수 있는 능력을 상실하였습니다. 다만 얻은 것이 있다면 또래 아이들이 도저히 따라올 수 없는 출중한 영어 실력이었습니다.

출중한 영어 실력은 한국 학교에서 우수한 성적을 거두는 데에도 큰 도움이 되었습니다. 그런데 문제는 교우 관계에서 발생하였습니다. 처음에는 해외에서 온 학생인 데다가, 영어를 유창하게 하여 친구들의 관심을 받고 인기를 얻는 듯하였습니다. 그런데 매일 지내다 보니 한국 친구들이 아주 미세한 일상의 영역에서 조카와 이질감을 느끼기 시작했던 모양입니다.

'안녕히 주무셨어요?'와 '좋은 아침'에서 나타나는 그 묘한 언어의 이질감이 서서히 조카를 친구들로부터 멀어지게 하였습니다. 우리나라에서 통용되는 또래 언어문화를 하루아침에 체득할 수 없었던 우리 조카는 이른바 '왕따'를 당하게 됩니다. 누님은 일선 학교에서 교사로 근무하고 있는 나에게 도움을 구하고자 수시로 전화를 걸어 울먹이며 말했습니다.

"우리 아이가 다른 애들한테 욕을 한 적도 없고, 나쁜 짓이라고는 눈곱만큼도 한 게 없는데 왜들 그러는지 모르겠어."

한국에 나와 적응하지 못하는 아이를 보며 가슴 아파하던 누님이 아직도 눈에 선합니다. 그때 제가 문제를 진단한 결론은 '말'입니다. 조카의 입에서 나오는 '말'이 주는 그 묘한 이질감에 거부감을 갖는 또래의 행동은 어쩌면 동물적 방어기제, 즉 본능이 아니었을까 싶습니다. 조카의 친구들은 아마도 "이 애가 말을 이상하게 해요", "얘하고는 말이 안 통해요"라는 볼멘소리를 했을지도 모릅니다.

물에는 '결'이 있습니다. 이 '물결'의 변화에 따라 물속 생물들은 서식지를 옮길 정도로 민감하게 반응합니다. 말에도 '결'이 있습니다. 어떤 사람이 하는 말의 '말결'이 자신과 다름을 느낀다면 그 사람과는 결코 쉽게 어우러지지 못하는 법이지요.

결국 누님은 조카를 수차례 전학시켜가며 중학교를 어렵게 졸업시킬 수 있었습니다. 조카는 고등학교에 진학해서도 비슷한 경우를 몇 번씩 겪으면서 겨우겨우 한국 생활에 적응해나가기 시작했습니다.

'말'은 인간이 살아가는 데 결정적인 역할을 합니다. 극단적으로 말하면 언어는 사람을 존재하게 합니다. 그래서 그 유명한 하이데거는 "언어는 존재의 집이다"라고 말했던 모양입니다.

우리말을 잘하는 아이가
관찰력도 좋다

아이와 공원으로 놀러 갔다가 이런 대화를 나눈 적이 혹시 있으신가요?

"엄마, 이거 뭐야?"

"뭐긴 뭐야. 잡초지."

"그럼 저건 뭐야."

"그것도 잡초야."

"잡초가 왜 이렇게 많아?"

"공원에는 원래 잡초가 많아."

"엄마, 근데 이것도 잡초고 저것도 잡초인데 왜 생긴 게 달라?"

아이는 엄마가 일러준 '잡초'라는 말을, 자신이 보았던 풀의 진짜 이름으로 착각하고 있습니다. 이 세상에 '잡초'라는 풀은 없습니다.

아이에게 풀이름을 '잡초'라고 알려주는 것은 '나는 이 풀의 이름을 모른다'고 말하는 것과 마찬가지입니다. 아이에게만큼은 '잡초'라는 말 대신 아름답고 재미있는 우리말 풀이름을 들려주었으면 하는 바람이 있습니다.

꽃 이름, 풀이름도 우리말이다

15년 전쯤에 '잡초'라는 말을 거의 사용하지 않는 사람을 만난 적이 있습니다. 바야흐로 계절의 여왕이라는 5월의 어느 날, 학교에서 교직원들과 단체로 야유회를 갔을 때의 일입니다. 모처럼 맛있는 별미를 점심으로 먹고 나서 근교의 농원에서 맑은 공기도 마시고 꽃구경도 하며 숲 속 산책을 즐기고 있었습니다. 산책길에 우연히 동행하게 된 사람은 그동안 학교에서 공적인 일로만 몇 번 부딪쳤던 행정실장이었습니다. 소소한 생활 속의 이야기로 대화를 이어가며 숲 속으로 난 길을 따라 함께 걷고 있을 때 행정실장이 시선을 어디론가 고정시키더니 반색을 하며 말했습니다.

"애기똥풀이 피어 있네."

"네? 애기…… 뭐라고요?"

"요기 애기똥풀이 피어 있잖아."

"이 꽃을 애기똥풀이라고 하나요?"

나보다 열 살 연상이었던 행정실장이 애기똥풀을 가리키며 물었습니다.

"이 꽃을 왜 애기똥풀이라고 하는지 알아?"

"이 노란색 꽃이 애기 똥과 비슷해서 아닐까요?"

"공 선생이 국어선생님이라서 그런지 상상력이 제법이네. 근데 사실은……"

행정실장이 애기똥풀의 줄기 하나를 꺾어내며 말을 이었습니다. 꺾어낸 줄기에서는 진노란색 즙이 배어나오기 시작했습니다.

"이 색깔이 마치 갓난아기의 똥과 흡사하다 해서 붙은 이름이라네."

"아, 그렇군요."

이때까지만 해도 행정실장이 어쩌다 아는 꽃 이름의 하나이겠지 하고 대수롭지 않게 여겼습니다. 그런데 행정실장의 놀라운 능력은 뜻밖에도 계속되었습니다.

"개불알꽃도 피어 있네. 오랜만에 숲에 들어왔더니 꽃이 참 많이 피었네."

혹시나 하는 마음으로 물었습니다.

"왜 개불알꽃이라고 하나요?"

"꽃 모양을 봐. 아래로 축 처진 주머니 모양이 있지? 이 모양이 마치 그것 같다고 해서 붙은 이름이야."

이에 그치지 않았습니다. 행정실장은 물 만난 고기처럼 온갖 나무와 풀들을 일일이 가리키며 그 이름들을 불러주었습니다.

"저기 노란 꽃 피어 있는 나무가 후박나무고, 이런 데서 보기 힘든 나무들인데 저쪽에 오동나무도 있네."

정말 놀라운 것은 행정실장이 길가에 널려 있는 거의 모든 풀의 이름과 숲 속에 서 있는 거의 모든 나무의 이름을 꿰뚫고 있다는 사실이었습니다. 거침없이 이어지는 '풀·나무 이름 대기' 능력은 그야말로 신공神工의 경지였습니다. 주위를 걷던 다른 선생님들도 행정실장의 능력을 확인하느라 점점 우리 곁으로 모여들기 시작했습니다. 행정실장의 손짓 하나, 말 한 마디에 여기저기서 감탄과 탄성이 쏟아졌습니다. 그날 야유회는 행정실장 덕분에 호젓한 산책길에 풀이름과 나무 이름의 향연이 펼쳐졌습니다.

나중에 알게 된 사실이지만 행정실장은 개인 시집도 낸 적이 있는 정식 문인이었습니다. 아니나 다를까 나중에 행정실장에게서 직접 선물받은 시집에는 온갖 토속적인 꽃 이름과 나무 이름들이 즐비하게 시어들로 재탄생되어 있었습니다. 그때야 비로소 '행정실장의 놀라운 능력의 원천이 바로 이것이었구나' 했더랍니다. 회계 장부만 다루는 사람이라서 차갑고 인정머리 없을 것이라고 생각했던 나의 고정관념이 얼마나 어리석었는지, 그리고 국어선생님이랍시고 우리 '말'만 알았지, 우리 꽃, 우리 풀, 우리 나무에 얼마나 무심했었는지 깨닫게 해준 사람이 바로 15년 전 그 사람이었습니다.

이름을 알면 보이기 시작한다

저는 그날 이후 어디를 가든, 이름 모를 풀숲 속에서 애기똥풀, 개불알꽃, 후박나무, 오동나무를 구별해낼 줄 알게 되었습니다. 그리고 다시 한 번 행정실장과 거닐었던 그 산책길에 간다면 그날 들었던 '애기나리, 솜방망이, 쥐오줌풀, 노루귀, 미나리아재비' 등을 죄다 찾아낼 수 있을 것 같습니다. 왜냐하면 이제 그 풀과 꽃과 나무 이름을 알고 있기 때문입니다.

우리 꽃, 우리 풀에는 아름다운 우리말 이름이 붙어 있습니다. 또 더러는 재미있는 이야기가 담겨 있는 풀도 있습니다. 아이들이 꽃 이름, 풀이름을 아는 것은 곧 우리말을 아는 것입니다. 그런데 다채로운 우리말을 알게 된다는 것 이외에도 그에 따르는 또 다른 교육적 효과가 있습니다. 이름을 알기 전에는 모양새가 모두 그게 그것 같았던 풀과 나무들이 그 이름을 알고 나면 확연히 달라 보이기 시작합니다. '아는 만큼 보인다'는 말처럼, 알고 나서 보면 구체적으로 '보이기' 때문입니다.

수목원이나 공원으로 나들이를 나가게 되면 아이들에게 우리 꽃, 우리 풀, 우리 나무 이름을 가르쳐주시는 것은 어떨까요? 그 속에 담긴 재미있는 이야기도 해주시고요. 모처럼의 나들이가 더 풍성해지는 것은 물론이고, 아이들의 관찰력이 놀랍게 늘어나는 것을 확인할 수 있습니다. 관찰력은 돋보기나 망원경이 있어야만 늘어나는 것이 아닙니다. 관찰을 통해 아는 것도 있지만, 역설적으로 먼저 알고 있어야 관찰이 되기도 하니까요.

"아빠, 저기 쑥부쟁이 있다!"

"엄마, 여기 민들레가 피었어."

이런 말들이 우리 아이의 입에서 나오면 부모님들의 입가에는 어느새 웃음꽃이 필 것입니다.

잘 물을 줄 아는 아이가
사회성이 높다

우리 아이가 그림책을 보고 있습니다.

"지성이, 공룡 보고 있구나."

"이거 알로사우루스야."

"그럼 그 옆에 있는 공룡은 뭐야?"

"이거는 벨로키랍토르지."

"아빠가 보기에는 똑같이 생겼는데 다른 거야?"

"당연하지. 아빠 어른이면서 그것도 몰라?"

일곱 살이 된 지성이에게 공룡은 요즘 최대 관심사입니다. 또래 남자아이들이 그렇듯 지성이의 주위에는 공룡 그림책, 공룡 장난감, 공룡 스티커, 공룡 티셔츠, 공룡 비디오 등이 널려 있습니다. 한동안 자기가 좋아하는 공룡을 머릿속에서 내려놓지 않을 듯한 기세입니다.

그래서인지 어른들이 글자를 보고서도 읽기 힘든 공룡 이름들을 줄줄이 꿰고 있습니다. 어려운 외래어 이름을 한달음에 발음하는 아이의 능력이 놀랍기까지 합니다. 공룡 이름만 꿰고 있는 것이 아닙니다. 모든 공룡의 생김새나 습성 등을 속속들이 알고 있어 가히 '공룡 박사라고 할 만합니다. 일곱 살의 눈썰미로 아주 조금씩 다른 공룡의 생김새를 미세하게 구별하고 있다는 것이 신기할 때가 한두 번이 아닙니다. 일반적으로 6~7세의 남자아이들은 공룡을 좋아하는 것이 통과 의례가 아닌가 싶을 정도로 공룡에 관심이 많습니다.

IQ, EQ보다 중요한 사회적 지능

요즘 부모들은 이왕 사줄 거면 아이들의 지능 발달에 도움이 된다는 학습 교재나 장난감을 골라서 사주려고 애를 씁니다. 비록 고가의 것이라도 아이에게 도움이 된다면 돈을 아까워하지 않고 구입하는 분들도 꽤 있습니다. 성장기 아이의 지능 발달을 돕는다는 각종 의약품들이 학부모 사이에서 적잖이 유행하는 시대이기도 합니다. 그렇게 해서 정말로 지능이 발달되고 지능 지수가 향상되는지는 알 수 없지만, 어쨌든 지능이 높아야 공부도 잘하고, 나중에 아이들이 컸을 때 사회생활을 더 잘할 수 있을 것이라는 기대가 부모들에게 있는 듯합니다.

이와 달리 자식 교육에 관해서만큼은 남보다 조금 앞서간다는 부모는, 지금은 IQ가 아니라 EQ의 시대라고 강변합니다. 감성 지수를 높이는 것이 중요하다면서 아이와 여행을 떠나기도 하고, 함께 책을 읽으며 대화를 나누는 등 갖가지 감성 교육에 빠져 지내는 분을 주변에서 쉽게 목격하게 됩니다.

그런가 하면 최근에는 '사회적 지능지수SQ, Social Intelligence Quotient라는 말이 떠오르고 있더군요. 상대방의 감정과 의도를 잘 읽으며 타인과 잘 어울리는 능력을 '사회적 지능'이라고 합니다. 요컨대 사회적 지능은 인간과 인간 사이의 관계를 원활하게 유지하도록 도와주고, 이를 바탕으로 기존의 것을 뛰어넘는 새로운 것을 창조하도록 도와준다고 알려져 있습니다. 세계적으로 위대한 지도자나 CEO, 그리고 창조적인 결과물을 이루어낸 인물들은 사회적 지능이 뛰어난 것으로 보고되고 있습니다.

이렇듯 SQ의 중요성이 점점 대두되고 있습니다. 이제는 IQ와 EQ를 넘어 SQ가 이른바 새로운 '성공 지수'로 떠오르고 있는 것이지요. 아이의 사회적 성공을 기대한다면, 아이의 '머리'를 계발하고 '가슴'을 덥히는 것도 중요하지만 그보다도 사회적 관계를 맺는 기술과 감각을 익히도록 하는 것이 현실적으로 더 중요할지 모릅니다. 하지만 아직까지 사회적 지능을 높이는 구체적 방안에 대해서는 교육적 합의가 부족해 보입니다.

아이의 폭풍 질문에 잘 답해주면 어휘력이 높아진다

그런데 뭐니 뭐니 해도 SQ를 발달시키기는 가장 기본적이고도 절대적인 요소는 바로 '구술력'이라고 말할 수 있습니다. '구술력'이 표면적으로는 '입으로 말하는 능력'을 뜻하지만, 단순히 '말 잘하는' 능력, 청산유수 같은 말솜씨만을 뜻하는 것은 아닙니다. '잘 말하기'보다 중요한 구술력의 요체는 바로 상대방의 말을 정확하게 듣고, 자기가 알고 싶어 하는 것을 상대방에게 정확하게 묻는 능력입니다. 잘 말하기 위해서는 상대방의 말을 '잘 듣고', 상대방에게 '잘 묻는' 것이 선행되어야 한다는 것입니다. 바꿔 말해 일방적으로 자기의 말을 쏟아내는 것이 아니라, 필요한 정보를 상대에게서 얻어내는 능력, 그리고 상대에게서 나오는 정보를 잘 가려듣는 능력이 필요하다는 의미입니다.

이러한 구술력의 원천은 바로 '어휘력'입니다. 어휘력을 왜 원천이라고 할 수 있느냐 하면, 잘 말하고, 정확하게 듣고, 정확하게 묻기위해서는 그것의 바탕이 되는 어휘 능력이 선행되어야 하기 때문입니다. 우리 아이가 구사하려고 하는 개개의 낱말이 지닌 정확한 의미를 스스로 내면화하고 있을 때 정확하게 말하고, 듣고, 물을 수 있습니다.

그런데 어휘력은 국어사전을 펼쳐 놓고 외운다고 해서 향상되는 것이 아닙니다. 평상시 아이의 생활 습관, 부모의 양육 태도가 어휘력을 결정짓습니다.

"아빠, 사랑하는 거하고 좋아하는 거하고 뭐가 달라?"

"엄마, 귤하고 오렌지하고 차이점이 뭐야?"

이런 종류의 질문을 아이에게 받으신 적 있으시죠? 어린아이들에겐 일상의 모든 것이 호기심거리입니다. 갖가지 질문이 질풍疾風처럼 쏟아지는, 이른바 '질풍 질문의 시기'입니다. 이것은 아이가 '잘 말하기' 위해서, 부모님에게 '잘 묻고' 있는 것입니다. 잘 말하기 위해서 아이는 머릿속에 저장되어 있지 않은 새로운 개념의 데이터를 축적하려고 합니다. 이렇듯 폭풍 질문에 성실하게 답해주는 것은, 지능 발달에 도움을 준다는 어떤 장난감이나 약보다도 아이가 성장하는 데 훨씬 결정적인 자양분이 됩니다.

"넌 아직 몰라도 돼"라고 말하는 부모가 모르는 것

그런데 간혹 다음과 같이 생각하는 부모가 있습니다.

"어린아이가 오렌지와 귤을 구별해서 뭐해. 맛있게 먹기만 하면 되지."

"사랑하는 것과 좋아하는 것을 어린 나이에 벌써 알아서 뭐하게?"

"어린아이가 그걸 가르쳐 준다고 알기나 하겠어?"

이렇게 아이의 질문이 별로 중요하지 않다고 자의적으로 판단하거나, 어린아이라고 과소평가합니다. 그러나 어린아이라고 해서 이런 개념들을 몰라야 하는 것도, 깨우칠 능력이 없는 것도 아닙니다. 자, 보십시오. 부모는 벨로키랍토르와 알로사우루스를 구별하지 못합니다. 심지어 그 둘의 존재 자체를 모르고 삽니다. 어른의 눈에 둘은 그저 하나의 '공룡'일 뿐입니다. 그런데 어린아이는 벨로키랍토르와 알로사우루스를 정확히 구별할 뿐만 아니라, 그 둘이 공룡의 한 부류라는 것까지도 매우 정확하게 파악하고 있습니다. 공룡을 좋아하는 아이에게 그 둘을 구별하는 것은 절대적인 지식이며, 어른과는 비교도 되지 않을 정도로, 공룡을 개념화하거나 하위 범주화하는 뛰어난 능력을 가지고 있습니다.

오렌지와 귤을 구별하려는 아이의 질문은 그 둘을 개념화하기 위한 전제입니다. 사랑하는 것과 좋아하는 것을 알아야 이 말을 적절히 사용할 수 있는 맥락을 파악할 수 있기에, 이러한 질문은 아이에게는 어른들의 생각과 달리 긴요하고 절실한 것일 수 있습니다. 어린아이의 폭풍 같은 질문에는 때로 발칙한 상상에서 비롯한 엉뚱함이 묻어 있기도 합니다. 그러나 그러한 발칙함이 어휘력을 키우고, 이렇게 자라난 어휘력이 종국에는 구술력의 밑거름이 되고, 이 구술력은 사회적 지능을 높이게 되는, 사슬 같은 상관관계를 맺고 있는 것입니다. 우리 아이의 질문에,

"나도 몰라."

"그건 몰라도 돼."

"나중에 가르쳐 줄게."

"나중에 크면 저절로 알게 돼."

이렇게 대답하는 것은 부모가 아이에게 보일 수 있는 최악의 반응입니다. 명심하십시오. 지금 부모가 성의 있게 응해준 대답 한 마디가 우리 아이의 미래를 좌우할 수 있다는 사실을 말입니다.

언어 능력에도 성장판이 있다

먹고 자고 싸는 것이 하루 일과의 전부인 갓난아기가 과연 엄마, 아빠가 하는 말을 알아들을 수 있을까요? 만약에 갓난아기가 엄마, 아빠의 말을 못 알아듣는다면, 갓난아기에게 말을 거는 것은 어차피 쓸데없는 일일까요? 또 그런 생각으로 아기에게 말 한마디 건네지 않는 부모가 설마 있을까요? 기저귀를 늦게 갈아줘서, 혹은 젖을 제때 안 물려서 아기가 울음이라도 터트릴라치면 우리의 모든 어머니는 너 나 할 것 없이 이렇게 아기에게 말을 겁니다.

"우리 아기한테 누가 그랬어? 누가?"

누가 그러긴, 자기가 그래 놓고. 그래도 끊임없이 말을 겁니다. 그뿐만이 아닙니다. 젖을 물리면서도,

"맛있어? 그렇게 맛있어?"

매일 먹는 젖이 뭐 그리 맛있을까마는 맛있냐고 번번이 아기에게 묻습니다. 얼핏 보면 어이없어 보이는 이러한 말하기 방식은, 사실 동서고금의 언어교육학자들이 제시하는 교육 방법의 하나입니다. 생활 속에서 자녀들의 언어 교육법을 몸소 터득하신 우리 어머니들은 아이의 숨겨진 언어 능력을 끊임없이 자극하여 우리말이 트이도록 도와주시는 산 교육자들이십니다.

말이 트여야 생각도 트인다

1970년도에 미국의 한 마을에서 열세 살 된 소녀가 발견됩니다. 그 소녀의 이름은 지니Genie. 발견될 당시 지니는 어떠한 언어적 표현도 하지 못하는 상태였습니다. 지니는 불우한 가정환경 탓에 태어나서부터 13년 동안 외부와 전혀 접촉하지 못한 채 자랐기 때문에 언어를 배울 기회가 없었다고 학자들은 파악했습니다.

수많은 학자들이 그때부터 지니의 언어 능력을 향상시키기 위해 백방으로 노력하였지만 모두 허사였습니다. 좀처럼 언어 능력을 되찾지 못하는 지니를 두고 학자들은 다음과 같은 결론을 내리게 됩니다.

'언어는 충분한 언어 자극 속에서 성장하다가 어느 시점이 되면 성장을 멈춘다.'

이 말은 사람의 몸이 충분한 영양과 자극 속에서 성장하다가도 성장판이 멈추는 시점이 되면 더 이상 성장하지 않듯이, 언어 능력도 그것이 계발되는 한계 시점에 도달하면 더 이상 계발되지 않는다는 것을 의미합니다. 다시 말해 어려서부터 언어에 대한 자극이 충분히 이루어지지 않는다면 언어 능력은 나중에 아무리 노력해도 좀처럼 발달하지 않게 된다는 뜻입니다. 그래서 말을 막 배우기 시작하는 시점에서의 활발한 언어 자극이 매우 중요합니다.

노암 촘스키는 언어 능력은 태어날 때부터 타고난다는 '언어생득설'을 주장하였는데, '타고났기' 때문에 언어 자극만 적절히 가해주면 누구든지 언어 능력을 싹 틔울 수 있다고 하였습니다. 잘 알려져 있듯이 언어란 생각을 표현하는 도구일 뿐만 아니라 생각을 형성하는 도구입니다. 바꿔 말해 사람은 언어를 통해 생각합니다. 즉 우리는 세계를 있는 그대로 인지하는 것이 아니라, 우리말이 설정한 사고의 기준에 따라서 상대적으로 세상을 바라본다는 뜻이기도 합니다. 아주 간단히 말해 언어가 사고를 지배합니다. 그렇기 때문에 어린아이의 발문이 빨리 트이는 것은, 단순히 말을 빨리 배운다는 차원을 넘어서 그만큼 사고하는 능력이 빨리 트이는 것이 됩니다.

아이의 말문을 틔우는 언어 자극

그렇다면 어린아이의 말문을 하루라도 빨리 트이게 하는 언어 자극으로는 어떤 것이 있을까요?

첫째, 아기의 행동이나 느낌을 아기의 입장에서 말로 표현해주는 방법이 있습니다. 아기가 장난감을 가지고 재밌게 놀고 있으면 "우리 아기가 장난감을 가지고 재밌게 노네" 하고 표현해주는 겁니다. 과자를 먹으면 "과자를 참 맛있게 먹는구나"라고 아기의 입장에서 이야기해주는 것입니다. 아기는 엄마가 자신에게 커다란 애정과 관심을 가지고 있음을 느끼고, 엄마의 말을 흉내 내어 옹알이를 하거나 몸짓으로 반응하게 됩니다.

둘째, 아기에게 말을 많이 걸어주는 것이 좋습니다. 아직 말을 못 하는 아기더라도 자신의 머릿속에 다양한 언어 자극들과 함께 어휘들을 저장해두기 때문입니다. 아기가 이러한 환경에 꾸준히 노출된다면 생후 6개월만 되어도 부모의 말투를 흉내 낼 수 있게 됩니다. 따라서 아기에게 끊임없이 말을 걸어주는 것이 중요합니다. 설사 아기가 아무 의미 없는 소리를 내더라도 상황에 맞춰 정성껏 말로 반응해주는 것이 바람직합니다. 이를 통해 아기는 부모의 '말'에 '의미'가 있음을 깨닫게 됩니다.

셋째, 돌이 지나면서 단어 수준에서 말을 꺼낼 수 있는 '아이'가 되면, 부족한 아이의 말을 정확하게 보충해주는 언어 자극이 필요합니다. 가령 아이가 물을 달라는 의미로 "물"이라고 말했을 때 부모가 "물 주세요"라고 정확한 문장으로 말해주면서 물을 건네주면 아이에게 완벽한 문장에 대한 감각을 길러줄 수 있습니다. 이때 아이가 먼저 꺼냈던 단어를 적극 활용하는 것이 바람직합니다. 예를 들어 아이가 "물"이라고 했는데 "보리차를 달라고?" 이런 식으로 부모가 임의로 단어를 바꾸어 말하는 것은 아이들의 언어 사용 의욕을 저하시킬 수 있기 때문입니다.

넷째, 두 돌이 지나고 세 돌이 지났는데도 어휘 수준을 지나치게 아이의 수준에 맞추려고 하는 것은 바람직하지 않습니다. 예를 들어 서너 살이 된 아이에게,

"애야, 쉬 해야지?"

이렇게 얘기하는 부모들을 종종 보는데, 이는 언어 발달 측면에서 그리 권장하고 싶지 않습니다. 물론 아이가 쉽게 발음하고 알아들을 수 있도록 배려하는 것이긴 하지만, 이때쯤에는 "오줌 누러 가자"와 같이 어른들이 쓰는 말을 자주 써줌으로써 현실 언어에 대한 감각을 일찌감치 길러주는 것도 좋은 방법입니다.

바꿔 말해 아이와 의사소통하면서 더러운 것을 '지지'라고 한다거나, 밥을 '맘마'라고 하는 것, 자동차를 '빠방'이라고 하는 것 등은 발음이 서툰 한두 살 어린아이에게는 유효할지 모르지만 서너 살이 되고 네댓 살이 되도록 그런 말로 의사소통하는 것은 바람직하지 않다는 말입니다. 아이에게는 유아용 말과 어른의 말을 이중으로 배워야 하는 부담이 생기고 언어를 습득하는 과정에서 혼란만 커집니다.

아이가 만 2세가 되면 일반적으로 주변 사물의 이름을 보이는 대로 말하고 두세 개의 단어를 조합하여 짧은 문장 형태로 의사소통할

수 있는 능력을 갖추게 됩니다. 어느 정도 부모의 말소리를 따라 할 정도로 성장했다면 어른들의 말을 날것으로 주어도 무난히 소화해 낼 수 있습니다. 아이라고 무시하지 마세요. 아이도 얼마든지 따라 할 수 있어요.

영어만 잘하는
'잉글리시 앵무새'로 키울 것인가?

여름이 시작되는 6월의 어느 날, 아이와 함께 토마토를 키워볼 생각으로 토마토 모종을 두 그루 얻어서 집에 가져왔습니다. 화분 하나에 한 그루씩 심어서 아이에게 주며 말했습니다.

"하루에 한 번씩 물 꼭 주고 햇빛 구경시켜 주고 그러면 여기서 토마토 열린다."

"정말? 이게 토마토 나무야?"

"신기하지? 토마토 열매가 열릴 때까지 잘 보살펴줘."

아이는 그날부터 아침에 눈만 뜨면 두 화분에 물을 주고, 하루가 다르게 쑥쑥 커가는 토마토 나무를 보며 신나했습니다. 그런데 며칠이 지나서 이상한 일이 생겼습니다. 화분 하나에서는 토마토가 무럭무럭 잘 자라는데, 나머지 한 화분에서는 토마토가 잘 자라지를 않고 비실비실해지는 것이었습니다. '아차' 싶었습니다. 토마토가 잘 자라지 않는 화분은 올봄에 수선화가 피었던 화분이었습니다. 뿌리만 남아서 수선화가 있었던 화분이라는 것을 깜빡했던 것입니다. 이미 수선화 뿌리가 자리 잡고 있던 화분에 새로 토마토 모종을 심었던 것이지요. 그 화분은 알뿌리식물인 수선화가 내년 봄에 또다시 노란 수선화 꽃망울을 피워낼 자리였는데 말입니다. 비록 겉으로 흔적을 드러내지는 않았지만 그 화분은 엄연히 수선화가 머물고 있는 자리였기에, 뒤미처 심어진 토마토 모종은 제대로 커가질 못했습니다. 또한 수선화에게도 토마토 모종은 반갑지 않습니다. 이 토마토가 화분에서 그대로 자라나는 이상 내년 봄이 되어도 화분에 원래 자리하고 있던 수선화가 제대로 피어나지 못하겠지요.

그렇습니다. 하나의 화분에서는 하나의 꽃만 피어납니다. 한 화분에 여러 씨앗을 뿌리면 어느 것 하나 제대로 피어나지를 못합니다. 여러 종류의 꽃을 한꺼번에 피워내려고 하는 것 자체가 욕심 아닐까요? 그런데 저는 요즘 이런 욕심꾸러기 부모들을 자주 봅니다.

우리 아이의 몸속에는 우리말 씨앗이 있다

인간은 누구나 태어날 때부터 '엄마의 말'을 따라 익힐 수 있는 능력을 타고 납니다. 그래서 어린아이 때부터 엄마로부터 자연스럽게 배우는 말을 '모국어母國語'라고 부릅니다. 이 모국어는 체계적으로 교육받지 않아도 누구나 자연스럽게 터득하게 되는 것이 자연의 이치입니다. 마치 화분 속 씨앗이 저절로 싹을 틔우고 꽃을 피우듯이 말입니다. 모국어는 태아 때부터 이미 말의 씨앗으로 우리 아이 몸속 어딘가에 심어져 있습니다. 그 씨앗은 아이가 세상에 나오자마자 싹을 틔우기 시작하여 다섯 살만 되어도 '말의 꽃'을 피워냅니다.

그런데 신기한 것은 이 말의 씨앗은 누구에게나 딱 한 가지뿐이라는 사실입니다. 우리말 씨앗 하나가 심어져 있는 우리에게서 아무리 기다려 보아도 영어의 씨앗이나 중국어의 씨앗이 저절로 발아하지 않는 이유가 바로 그것입니다. 어느 민족이든지 공평하게 모국어의 씨앗은 딱 한 종류뿐입니다. 외국어의 싹을 틔우는 방법은 외국어 씨앗을 새로 심고 정성껏 키워내는 방법밖에는 없습니다. 그래서 저절로 배운 우리말은 쉽게 터득했지만 다른 나라의 말을 새로 배우는 것은 밤낮 듣고 외워야 겨우 말문을 틀 수 있게 될 정도로 어려운 것입니다.

그런데 요즘 부모들은 아이에게서 우리말 씨앗이 채 싹 트지도 않았는데, 억지로 그 화분에 영어 씨앗을 뿌려댑니다. 얼른 영어가 싹 트길 바라는 마음은 모르는 바 아니지만, 아직 채 싹 트지 않은 우리말 씨앗은 어떻게 하라고 그러는지 알 수가 없습니다. 영어가 싹을 틔우고 꽃을 먼저 피우게 되면 우리말 씨앗은 싹도 제대로 내지 못할 수 있습니다. 어린아이의 언어 화분은 그리 넉넉한 공간이 아닙니다.

우리말 씨앗이 제대로 커가는 것을 확인한 뒤에 영어를 시작해도 늦지 않습니다.

너무 일찍 뿌린 영어 씨앗은 모국어에 구멍을 낸다

토마토와 수선화가 한 화분에서 한꺼번에 잘 자라날 수 없는 법입니다. 우리말과 영어 둘 중에 하나는 부실한 나무로 클 수밖에 없는 것입니다. 영국의 언론인 버틀러는 이런 말을 했습니다.

"할 줄 아는 외국어가 많으면 많을수록 그의 재간에는 더 큰 구멍이 뚫린다. 또 외국어에 쏟는 정력만큼 딴 곳에서 손해 보기 마련이다."

더구나 그는 외국어를 무턱대고 배우는 사람은 문제해결력이나 상상력이 부족해질 수 있다고도 비판합니다. 이 비판은 아마도 단순 반복적인 외국어 학습의 폐해를 지적하는 말이 아닐까 생각해봅니다. 내 아이가 영어를 잘하면 천하를 얻은 듯 성취감을 느낄 수 있을지는 모르지만, 그것은 어디까지나 부모들의 착각입니다. 부모가 발견하지 못한 다른 어떤 곳에서는 뜻밖의 큰 구멍이 생겨 탈이 날지 모른다는 말입니다. 그것도 영어를 배우기 위해 노력한 만큼의, 딱 그 크기로 말입니다. 일간지에서 다음과 같은 글을 읽은 적이 있습니다.

어떤 국제 학술대회에서 한국인 발표자가 나섰는데 그 사람의 발표 기술은 매우 뛰어났습니다. 일목요연하게 영어 프레젠테이션을 해나갔고, 발음도 좋았습니다. 더구나 몸짓, 손짓, 표정까지도 원어민 못지않게 자연스러웠습니다. 그러나 발표가 끝나고 나자 박수를 치며 환호하는 것은 한국 사람뿐이더랍니다. 옆에 있던 한 외국인이 이렇게 말했다고 합니다.

"뭐야, 영어만 잘하잖아. 자기 것이 하나도 없고, 내용이 없어."

정작 중요한 알맹이는 알차지 못하고, 겉으로 드러난 껍데기 같은 언어 기술에만 매달린 우리나라 외국어 교육의 씁쓸한 단면이라고 할까요?

이 이야기에서 보듯, 아이들에게 일찌감치 뿌려진 영어 씨앗이 만들 가장 심각한 구멍은 바로 모국어의 구멍입니다. 가장 자유롭고 창조적으로, 무한 상상력을 펴나가기에 적합한 것이 바로 모국어입니다. 이 모국어에 구멍이 생긴다는 것은 곧 아이에게서 영혼을 빼앗는 일이 아닐까요? 영어 씨앗을 일찌감치 뿌린 덕에 영어를 유창하게 구사할 수는 있겠지만, 혹시 아이가 영어를 기계적으로 뱉어내는 '잉글리시 앵무새'가 되어가고 있지는 않나요? 영어를 술술 내뱉는 영어 기계로 우리 아이를 키우시겠습니까? 좀 어눌하더라도 자유롭게 상상하고 창조적으로 말할 수 있는, 우리말 잘하는 아이로 키우시겠습니까?

물론 이는 양자택일의 문제는 아닙니다. 다만 지나치다 싶을 정도로 외국어 교육, 그것도 '영어' 교육에 몰두하는 우리 부모들을 보면서 우리말에도 관심을 가져달라는 뜻으로 한 말씀 드렸습니다. 저는 그날 저녁 수선화 화분에 잘못 심은 토마토 모종을 더 예쁘고 아담한 화분에 옮겨 심었답니다.

띄어쓰기 하나에서부터
상대를 배려하는 마음이 시작된다

혹시 띄어쓰기가 전혀 없는 글을 읽어보셨습니까? 시인 이상은 다음과 같이 띄어쓰기 없는 시를 즐겨 썼습니다.

벌판한복판에꽃나무하나가있소.근처에는꽃나무가하나도없소.꽃나무는제가생각하는꽃나무를열심으로생각하는것처럼열심으로꽃을피워가지고섰소.꽃나무는제가생각하는꽃나무에게갈수없소.나는막달아났소.한꽃나무를위하여그러는것처럼나는참그런이상스런흉내를내었소.

— 이상, 〈꽃나무〉

저는 이상의 시를 접할 때마다 참 어려운 시라는 생각을 합니다.

띄어쓰기가 되어 있지 않은 것이 무엇보다도 이상의 시를 어렵다는 선입견에 가두는 것은 아닐까요? 그런데 요즘 우리 아이들이 이런 글을 씁니다. 무슨 말이냐고요?

우리말은 맞춤법이 어렵다고들 합니다. 맞춤법도 맞춤법이지만 띄어쓰기가 어렵다는 사람도 꽤 많습니다. 서점에 가면 '띄어쓰기'만 책 한 권으로 설명해놓은 전문 서적도 여러 권 나와 있을 정도이니 어렵긴 어렵나 봅니다. 고등학교에서 국어를 가르치고 있는 저로서도 수업하기가 만만치 않을 만큼 띄어쓰기, 솔직히 어렵습니다. 그렇다고 우리 아이들에게 띄어쓰기를 포기하라고 말할 생각은 전혀 없습니다.

문자 보낼 때 띄어쓰기는 사치일 뿐?

어느 날 입시를 앞두고 긴장하고 있는 제자에게서 또박또박 맞춤법 하나 틀리지 않은 문자메시지 하나를 받은 적이 있습니다. 해괴망측한 기호와 이모티콘으로 범벅이 된 요즘 청소년들 특유의 문자에 비하면, 참 보기 드물게 맞춤법을 잘 지킨 문자메시지입니다.

'과연합격하는날도와줄까요?'

그런데 맞춤법 하나 틀리지 않은 이 문장을 보고도 고개를 갸웃거리고 말았습니다.

'과연 합격하는 날 도와줄까요? 나더러 합격하는 날 뭘 도와달라는 거지? 근데 말투가 좀 이상한데, 그게 아닌가?'

도대체 해독이 불가한 이 문장은 결국 통화 버튼을 누르고, 그 아이의 말을 듣고 나서야 비로소 이해할 수 있었습니다.

'과연 합격하는 날도 와줄까요?'

이렇게만 문자를 보내주었어도 '그럼, 너에게도 합격의 날은 반드시 온단다. 걱정하지 말고 힘내렴' 하고 즉시 따뜻하고 명쾌한 답장을 보낼 수 있었을 것입니다. 대입 시험을 앞두고 공부가 잘 안되는 아이가 담임교사인 나에게 투정부리듯 작은 위로를 기대하며 보낸 문자. 그러나 단지 띄어쓰기가 부족했던 이 문자메시지는 '내가 뭘 도와주어야 하는지'를 고민하게 만드는 엉뚱한 문자가 되고 말았습니다. 부모님들이 학창 시절에 재미삼아 읊조리던 '아기다리 고기다리던 점심시간'이나 '아버지 가방에 들어가신다'와는 또 다른 차원의, 현실적인 문제가 발생했던 것입니다.

요즘 아이들은 휴대전화 사용이 익숙한 정도가 아니라 숫제 몸에 배어있는 세대입니다. 휴대전화 패드를 안 보고도 문자를 칠 수 있고, 심지어 어른들이 중요한 내용을 종이에 메모하듯 휴대전화에 문자로 저장하기도 합니다. 어른들이 눈앞에서 서로 대화를 나누는 것처럼 휴대전화 문자메시지로 실시간 대화를 나누는 세대가 바로 요즘 아이들입니다.

그래서 이들에게 무엇보다도 중요한 것은, '스피드'입니다. 맞춤법과 띄어쓰기를 지켜가며 문자를 보낸다는 것은 아이들에겐 사치일 뿐입니다. 일 초라도 빨리 상대에게 내 뜻을 전하기 위해서는 최소한의 글자 수와 최소한의 문장 길이를 요합니다. 그래서 아이들의 문자메시지에는 '문법'이라는 게 없습니다. 말 그대로 '무법천지無法天地'인 것이지요. 더욱이 대략 40자를 보낼 수 있는 현재의 문자 시스템에서 두 번의 띄어쓰기는 글자 한 개를 잡아먹습니다. 쓰고 싶은 글자를 참아가며 띄어쓰기를 한다는 것은 아이들에겐 여러모로 희생이 뒤따르는 일인 셈입니다.

띄어쓰기 없는 문장이 일으키는 혼란

어떻게 보면 띄어쓰기는 신속함을 생명으로 하는 정보화 시대에 역행하는 구닥다리 같은 규범입니다. 하지만 띄어쓰기는 상대에 대한 배려의 마음을 담은 규범이기도 합니다. 띄어쓰기를 하려고 하면 쓰는 사람은 힘들고 어려울지 모르지만, 읽는 사람에게는 더없이 편하고 쉬운 읽기를 가능하게 해줍니다. 우리말은 띄어쓰기를 통해 가

독성可讀性을 극대화합니다. 다시 말해 띄어쓰기가 되어 있는 글이, 그렇지 않은 글에 비해서 훨씬 이해하기 쉽고, 빠른 속도로 읽힌다는 것이지요.

다음과 같은 문장들은 '배려가 없는' 문장들로서, 읽는 시간을 지체시키고 글을 이해하는 데 어려움을 겪게 합니다. 또 이런 문장은 띄어쓰기가 되어 있지 않으므로 독자가 손수 '띄어 읽어야' 하는 매우 불친절한 문장입니다. 또 문장을 어떻게 띄어 읽느냐에 따라 그 의미가 확연히 달라지기에 독자에게 큰 혼동과 오해를 불러일으킬 수 있는 위험한 문장이기도 합니다.

'너도박사니?' (너도 박사니? / 너 도박사니?)
'쇼핑몰까지걸어가면바지사줄게.' (쇼핑몰까지 걸어가 면바지 사줄게. /
쇼핑몰까지 걸어가면 바지 사줄게.)

아주 짧은 단어 하나라도 띄어쓰기 하나로 전혀 다른 의미를 갖기도 합니다.

'철수는 큰 집에 갔어.'
'철수는 큰집에 갔어.'

철수가 커다란 규모로 지어진 건축물로 갔는지, 아니면 큰아버지

댁으로 갔는지는 띄어쓰기 하나로 결정됩니다. 간판 글씨도 띄어쓰기를 잘못하면 간판을 보고 들어오는 손님을 당황하게 할 수도 있습니다.

'김성형외과' (김성형 외과 / 김 성형외과)

어느 시내의 병원 간판입니다. 이 경우 띄어쓰기를 하지 않으면 환자들에게는 큰 낭패가 될 수 있지 않겠습니까. 만약에 띄어쓰기 없이 '김성형외과'라고 간판을 달아놓으면 이 병원에는 어떤 환자가 들어가야 하겠습니까? '김성형'이라는 의사가 있는 '외과'인지, 김씨 성을 가진 의사가 있는 '성형외과'인지 분명하게 밝히려면 반드시 띄어쓰기를 해야만 합니다.

'배려'라는 것은 상대방을 위한 희생의 마음입니다. 철수가 어디로 갔는지를 독자에게 분명히 알려주는 것이 띄어쓰기이고, 정말 급한 환자가 간판만 보고도 자기가 원하는 의료 서비스를 받을 수 있도록 도와주는 것이 띄어쓰기입니다.

띄어쓰기는 다른 사람을 위해 자신을 희생하는 규범입니다. 그래서 띄어쓰기는 우리말의 중요한 언어 규범의 하나로서 가르치는 것도 의미가 있지만, 그에 못지않게 띄어쓰기에 담긴, 남을 배려하는 마음을 가르치는 것이 무엇보다 소중하지 않을까 합니다. 조금 귀찮

고 어렵더라도 자신의 글을 읽어줄 '그 사람'을 위해 배려하고 희생

할 줄 아는 아이들이 되었으면 좋겠습니다.

대한민국 아이라면
꼭 알아야 할 말

 한 획만 틀려도 "우리나라 사람 맞아?"

국어교사 출신의 이○○ 특임장관이 3·1절을 맞아 트위터 상에 태극기를 달자는 글을 올리면서 태극기를 태'국'기라고 잘못 표기해 구설에 휘말렸다.

이 장관은 28일 자신의 트위터에 "(아들) 민호야 내일 3·1절이다. 또 태국기 오후에 달고 망신당하지 말고 일어나자마자 달아라 태국기 달아놓고 다시 잠자라"라고 말했다.

트위터 사용자들은 국어교사 출신의 이 장관이 두 번 연속 '태국기'라고 언급한 데 대해 어이없다는 반응을 내놓고 있다. 이들은 트위터 상에 "단순한 실수라기엔 두 번씩이나…" "장관이란 분이 이런 어이없는 실수를, 정말 코미디다"라고 항의성 글을 달았다. 반면 "이 장관도 사람이다. 단순한 실수일 뿐"이라며 옹호하는 글도 눈에 띄었다.

　이 장관은 문제가 불거지자 자신의 글을 다시 수정해 게재했다.

<경향신문> 2011. 3. 1.

　위 신문기사가 남의 일로만 느껴지십니까? 세상 속에 파묻혀 그저 평범하게 살 요량이라면 모르되, 나중에 '큰일'을 하고자 하는 사람이라면 더더욱 조심해야 할 것이 있습니다. 행여나 다른 사람들로부터 도덕성과 애국심을 의심받을 짓은 하지 말라는 것입니다. 가령 병역을 회피한다든지, 나라에 바칠 세금을 빼돌린다든지, 부동산 투기를 한다든지 하는 행동들, 또 그 밖에 대한민국 국민임을 망각하는 행동들 말입니다. 이것은 애국심을 의심받는 데서 그치지 않습니다. 심지어 국민들한테 욕 얻어먹기 딱 좋은 '짓'들이지요.

　국가 지도자가 일상생활 속에서 사소한 한글맞춤법을 무시로 틀려 구설수에 오른 적이 있는데, 위 기사는 당사자에게 그보다도 더 직격탄이 된 사례이지요. 한 나라의 장관이 우리나라 국기에 대해 결례를 범하여 여론의 뭇매를 맞았던 것입니다. 우리나라의 '국기'이니 당연히 '태국기'라고 여긴 단순한 착오가, '태극' 문양이 있어서 '태극기'라는 단순한 사실을 압도하면 누구나 이런 오류를 범할 수 있습니다. 그러나 이런 오류는 불행하게도 일상의 다른 실수와 달리 그 사람의 기본 자질을 의심하게 만드는 마력이 있습니다. 더욱이 그런 실수를 한 사람이 나랏일을 책임지는 높으신 양반들이라면 문제는 더 커집니다. 우리 사회에서는 높으신 분들에게 더 엄격한 도덕성과 더 높은 애국심이 요구되기 때문입니다.

의외로 많이 틀리는 애국가 가사

"지금 나오는 노래는 어느 나라 애국가니?"
"국기를 보면 알잖니. 미국 애국가네."

이제는 우리나라의 국가인 '애국가'에 대해 살펴보려 합니다. 우리나라의 국가는 무엇일까요? 물론 '애국가'입니다. 그렇다면 위의 대화에서 '애국가'라는 낱말은 제대로 쓰인 것일까요? 위 대화를 보면 '애국가'를 보통명사처럼 쓰고 있는데, '애국가'는 우리나라 국가의 이름으로서 고유명사입니다. 즉 우리나라 국가를 일컬을 때만 쓸 수 있는 말입니다. 따라서 위 대화에서는 "어느 나라 국가니?", "미국의 국가네"와 같이 말했어야 합니다.

한국 사람이라면 누구나 다 애국가를 잘 안다고 생각합니다. 하지만 과연 그럴까요? 의미를 잘 몰라서 흔히 틀리는 애국가 가사를 몇 소절만 살펴보겠습니다.

(1절) 동해물과 백두산이 마르고 닳도록 하느님이 <u>보호</u>하사……

동해물과 백두산을 하느님이 '보호'할 수도 있겠지만, 애국가에서는 '보우保佑'하고 있습니다. 보우한다는 것은 단순히 보호만 하는 것이 아니라 '보호하고 도와준다'는 뜻입니다.

(후렴) 무궁화 삼천리 화려강산 대한사람 대한으로 길이 <u>보존</u>하세

'보존保存'하는 것도 중요하지만, 온전하게 보호하여 유지하는 것이 더 중요하다는 뜻으로 애국가에서는 '보전保全'하자고 합니다.

(2절) 남산 위에 저 소나무 철갑을 두른 듯 바람 <u>소리</u> 불변함은……

많은 사람들이 애국가 2절의 원래 가사인 '바람 서리'를 '바람 소리'로 부르곤 합니다. 늘 푸른 소나무처럼 바람 소리도 변하지 않을 것이라는 의미로 잘못 해석한 탓이지요. 하지만 '바람 서리 불변함은'은 '바람과 서리와 같은 외부의 어떤 시련에도 남산의 소나무는 꿋꿋하게 버텨서 변하지 않는다'는 의미를 상징적으로 함축한 표현입니다.

'바람과 서리'를 의미하는 '바람 서리'는 반드시 지켜져야 하는 가사입니다. 이 가사를 쓸 때 '바람 서리'를 한 단어로 인식하여 '바람서

리'라고 하면 공교롭게도 '폭풍우로 말미암아 농업이나 어업 따위가 받는 피해'를 의미하게 되므로 주의해야 합니다.

(3절) 가을 하늘 <u>공활</u>한데 높고 구름 없이……

평상시에 잘 쓰지 않는 말이라서 '공할'이라고 하는 사람도 있고, '공활'이라고 하는 사람도 있습니다. 애국가에 쓰인 정확한 가사는 '공활空豁'입니다. '공활하다'는 것은 '텅 비고 매우 넓다'는 뜻입니다. 즉 가을 하늘이 막힌 데 없이 매우 넓다는 뜻이 되겠습니다.

몸과 마음을 바치면 망신당한다?

국기에 대한 맹세는 애국심의 상징이다시피 합니다. 그런데 이 맹세는 1972년 처음 제정되었다가 2007년도에 문구가 바뀌었습니다. 공식 석상에서 '옛날' 맹세를 하다가는 자칫 망신당할 수 있으니 조심할 일입니다. 기존의 '자랑스런'이 어법에 맞는 '자랑스러운'으로 바뀌었고, '조국과 민족의'는 '자유롭고 정의로운 대한민국의'로 바뀌었습니다. 그리고 기존 맹세문에 있었던 '몸과 마음을 바쳐'가 삭제되었습니다. 이를 정리하면 다음과 같습니다.

〈기존 맹세문〉

나는 자랑스런 태극기 앞에 조국과 민족의 무궁한 영광을 위하여 몸과 마음을 바쳐 충성을 다할 것을 굳게 다짐합니다.

〈바뀐 맹세문〉

나는 자랑스러운 태극기 앞에 자유롭고 정의로운 대한민국의 무궁한 영광을 위하여 충성을 다할 것을 굳게 다짐합니다.

애국가와 국기에 대한 맹세는 엄격히 말해서 일상의 대화 중에는 거의 언급할 일이 없는 예식의 일부일 뿐이지 '말'이라고 볼 수는 없습니다. 그런데도 굳이 여기에 소개하는 것은 애국가와 국기에 대한 맹세가 어쨌든 우리 입을 통해 나오게 되고, 그 즉시 다른 사람에 의해 기본 자질을 평가받게 되기 때문입니다. 중요한 자리에서 혹시 애국가와 국기에 대한 맹세에 들어있는 문구 하나, 단어 하나라도 실수하는 날에는 앞서 제시한 신문 기사처럼 봉변을 당할 수도 있는 중대한 사안입니다.

애국가와 국기에 대한 맹세, 이 두 가지는 한국 사람이라면 기본적으로 알아야 할 것들인 만큼 아이들이 어릴 때부터 정확하게 알아두도록 지도해주시면 좋겠습니다.

아이들은 엄마, 아빠가 하는 말과 행동을 그대로 따라 합니다.
아이 입에서 좋지 않은 말이 튀어나왔을 때,
잘 생각해 보면 평소에 부모님이 무심코 썼던 말인 경우가 많지요.
그래서 뜨끔하셨던 경험이 아마 한 번쯤 있으실 겁니다.
말이 예쁜 아이로 기르려면 먼저 부모님부터 예쁜 말을 써야 합니다.
그리고 예쁜 말을 가르치는 일은 곧 예쁜 마음씨를 아이에게 심어주는 것이지요.

3장

부모가 바로 써야
아이의 말이 바로 선다

아이의 말은
우리 가족을 비추는 거울이다

전화기 한 대를 온 식구가 공유하던 시절에는 부모님 찾는 전화를 내가 먼저 받기도 하고, 나를 찾는 전화를 동생이 먼저 받기도 하는 등 온 가족이 전화기를 사이좋게 돌려써야만 했습니다. 시대가 변하여 개개인이 모두 휴대전화를 소지하고서부터는 '전화기 돌려쓰기'와 같은 번거로운 일은 점점 사라져가고 있습니다.

그런데 지금 생각하면 참 번거롭기 이를 데 없을 것 같은 그런 상황에도 뜻밖의 좋은 점이 있었습니다. 식구들이 요즘 누구누구와 친하게 지내는지 서로 다 파악할 수 있었다는 것입니다. 부모들은 자녀들이 어떤 친구를 사귀고 있는지, 누구를 만나는지 속속들이 알 수 있었지요. 한 대의 전화기를 온 식구가 공유하는 덕분에 서로의 인간관계를 저절로 파악하게 되는, 그야말로 가족적인 유대감이 충만한 시대였습니다.

그리고 또 하나, 휴대전화가 보편화된 지금은 일어날 수 없는, 유선 전화기에 얽힌 재미있는 일이 많이 일어났었지요. 누구나 한 번쯤 겪어 보았을 이런 일도 있었습니다.

"여보세요."

"철수야, 나야."

"여보세요?"

"철수야, 나라니까."

"철수 아닌데요."

"여보세요? 에이, 장난치지 말고. 철수 맞잖아."

"저는 철수 형, 민수인데요."

"어, 죄송합니다. 목소리가 너무 똑같아서."

얼굴을 맞대고 이야기할 때는 잘 모르지만, 전화기를 통해 목소리를 들으면, 같이 사는 식구들끼리는 모두 비슷한 목소리를 가지고 있다는 것을 비로소 깨닫게 됩니다. 친구 목소리인 줄 알았는데 형이나 동생인 경우가 허다하고, 심지어 친구의 아버지나 어머니였던 경우도 있었습니다. 한 식구는 목소리 유전자를 공유하고 있어서인지 전화기 속의 목소리는 정말 웬만해서는 구분하기 힘들 정도로 비슷합니다.

부모의 말버릇은 아이에게 쉽게 전염된다

같은 식구끼리는 목소리 유전자만을 공유하는 것이 아닙니다. 다른 식구들과 구별되는 '어휘 유전자'도 공유합니다. 무슨 말인가 하면 같은 식구끼리는 동일한 어휘를 쓰고, 동일한 언어습관을 공유합니다. 어떤 집을 가보면, 그 집 사람들만 유독 특정 단어를 빈번하게 사용하는 것을 볼 수 있습니다. 또 특정한 말버릇을 가진 집도 있지요. 가령, 초등학교 때 자주 놀러갔던 친구네 집 식구들은 말을 시작할 때 꼭 '있잖아'라는 말을 습관적으로 붙이곤 했습니다.

"있잖아, 밥상 좀 차려. 밥 먹게"

"있잖아, 나 조금 전에 밥 먹고 들어왔어."

이런 식으로 식구들이 말을 하는데, 그 말버릇을 하도 인상 깊게 들어서 그 친구 앞에서 흉내 내며 놀렸던 기억이 있습니다. 가족 안에서만 자주 쓰는 말은 가족 중 누군가가 자주 쓰기 시작한 말이 온 식구에게 전염된 것인데, 우리 집에서도 비슷한 일이 있었습니다. 어머니가 모처럼 우리 집에 들러 저녁을 드실 때입니다.

"얼른 밥 한 수저만 더 먹어. 밥 안 먹으면 내쫓는다."

아내가 아이에게 밥을 더 먹으라고 채근하자, 당시 한참 말을 배우고 있던 세 살배기 우리 아이가 이렇게 대꾸하는 것이었습니다.

"미친 거 아냐."

이제 겨우 말을 시작한 어린아이의 입에서 나온 뜻밖의 말은 그날 저녁 밥상머리에 있던 어머니와 우리 부부를 배꼽 잡고 웃게 만들었습니다. 물론 세 살배기 아이가 '미쳤다'는 것이 무엇인지 알 리 없습니다. 그런 말이 어린아이의 입에서 나왔다는 것 자체가 충분히 희극적인 상황이었습니다. 그런데 잠시 뒤 어머니가 우리 내외에게 던진 한마디 때문에 제 웃음은 삽시간에 쓴웃음이 되었습니다. 그리고 이내 저는 고개를 못 들 정도로 부끄러워졌습니다.

"얘가 어디서 그런 말을 배웠다냐. 엄마, 아빠가 그랬구만?"

"텔레비전에서 봤겠지요."

이렇게 얼버무리기는 하였으나, 어머니의 물음에 다행히도 알 듯 말 듯 싱글싱글 웃기만 하는 우리 아이를 보며 가슴이 내려앉았습니다. 사실 '미쳤구나'라는 말은 그 당시 제가 집 안에서 자주 쓰던 말이었기 때문입니다.

"오늘 저녁은 라면 먹을까?"

"미친 거 아냐. 점심때도 라면 먹고서는."

이런 식으로 맘에 안 드는 일에 대해 강한 거부 의사를 표시하는 말버릇이 저에게 있었던 것입니다. 우리 아이의 입에서 무심코 튀어나온 '미친 거 아냐'라는 말이 저의 말버릇을 깨닫게 해준 거울이 되었던 셈이지요. 그나마 우리 어머니 앞이었기에 다행이지, 밖에 나가서 이런 일이 일어났더라면 어땠을까 하는 생각에 가슴을 쓸어내렸습니다.

돈 없이도 아이를 빛나게 하는 방법

우리 사회에서는 예의가 없는 사람을 보면 '가정교육이 덜 됐다'고 하면서 '가정교육'을 운운하는 일이 잦습니다. 사람 됨됨이의 근간을 가정교육에서 찾는 것입니다. 그만큼 가정에서 이루어지는 교육에 대해 기대가 크고, 가정교육의 질이 그 사람의 인격을 좌우한다고 생각하는 경향이 있습니다.

그런데 '말이 인격이다'라는 말도 있듯이, 한 사람이 쓰고 있는 '말'은 그 어떤 요소보다 그 사람이 받은 가정교육의 실태를 신랄하게 반영합니다. 바꿔 말해 어린아이가 쓰는 말을 보면, 그 아이와 함께 살고 있는 모든 사람의 모습을 미루어 짐작할 수 있습니다. 또한 아이의 말 한마디를 듣고도 사람들은 곧 그 아이의 부모를 평가하곤 합니다. 그래서 우리 아이의 말은 우리 가족의 모습을 세상 사람들에게 비추는 거울이라고 말한 것입니다.

아이에게 좋은 옷을 입히고, 좋은 음식을 먹이는 것은 돈만 있으면 아무나 할 수 있는 일입니다. 그것은 아이의 겉모습을 빛나게 할지는 모르겠습니다. 하지만 아이에게 좋은 우리말을 쓰도록 도와주는 것은 돈 없이도 우리 가족을 빛나게 하는 훌륭한 자녀교육의 한 방법이 아닌가 합니다.

부모가 존댓말을 쓰면
아이 가슴속에 존중하는 마음이 자란다

 할아버지를 무안하게 만든 아이의 반말

옛날에 근무했던 학교의 교장 선생님은 유별나게 손녀딸을 귀여워하셔서 평소에도 손녀딸 자랑이 이만저만이 아니었습니다. 자제가 모두 결혼을 했는데 오랫동안 아이 소식이 없다가 어렵게 보신 첫 손녀라서 그런지 손녀딸 사랑이 지극했더랬지요.

어느 날 교직원들이 교장 선생님의 초대를 받아 댁에 놀러갔습니다. 그날 교장 선생님이 평소 입에 침이 마르도록 자랑하시던 네 살배기 손녀딸을 볼 수 있었습니다. 교장 선생님과 손녀가 서로 격의 없이 편한 말투로 대화를 나누는 모습을 보고 '교장 선생님이 손녀딸을 정말 귀여워하시는구나' 하는 생각이 들었습니다.

"우리 손녀, 할애비가 뭐 줄까?"

"사탕 줘."

"오냐, 사탕 옛다."

그런데 아이는 뭐가 맘에 안 들었는지 갑자기 자기 할아버지를 향해,

"야! 얼른 줘."

이렇게 소리치는 것이었습니다. 교장 선생님은 어색한 표정으로 '허허' 웃으셨지만 곁에서 지켜보던 사람들은 그리 마음이 편치 못했습니다. 학교에서는 덕망 있는 교육자로서 모든 학생들과 교직원들에게 존경받는 교장 선생님이 집안에서는 어린아이에게 이런 막말을 듣는 처지라는 게 왠지 격이 맞지 않는다는 생각이 들었습니다. 물론 어렵게 얻은 손녀딸이 예쁘고 사랑스러워 시쳇말로 오냐오냐 키우실 수밖에 없으셨겠지요. 그 심정 충분히 이해는 합니다. 그래도 많은 손님들을 집에 초대한 자리에서 어린 손녀딸이 반말로 윽박지르는 모습을 보인 것에 대해서는 교장 선생님도 많이 무안해하시는 눈치였습니다.

사람들의 마음을 사로잡은 아이의 존댓말

서울에 일이 있어 수원에서 지하철을 탔습니다. 퇴근 시간이라 지

하철 안이 제법 붐볐습니다. 제가 손잡이를 잡고 서 있던 바로 앞자리에 모녀가 다정하게 앉아 뭐가 그리 재미있는지 알콩달콩 이야기를 나누고 있었습니다.

"엄마, 아직 멀었어요?"

"아니, 다 왔어요."

"빨리 도착했으면 좋겠어요."

"조금만 참으면 돼요."

"네."

놀랍게도 이 대화의 주인공은 서너 살밖에 안돼 보이는, 그야말로 어린아이였습니다. 그 자그마한 입으로 또박또박 존댓말을 써가며 엄마와 얘기하는 아이를 보고, 나도 모르게 웃음을 짓게 되었습니다. 어찌나 예뻐 보이던지 마치 내 아이인 양 꼬옥 안아주고 싶은 마음이 들 정도였습니다. 전철 안에 있던 다른 아줌마, 아저씨들도 그 대화를 듣고는 목을 빼고 고개를 돌려 아이를 바라보면서 칭찬을 아끼지 않았습니다.

"어머, 무슨 애가 말을 그렇게 예쁘게 하니?"

"하도 예쁘게 말을 잘해서 아저씨가 상으로 주는 거예요."

어떤 아저씨는 지폐 한 장을 꺼내 아이에게 건네며 격려하기도 했습니다. 그 아이를 통해 예쁜 말이 사람의 마음도 움직일 수 있음을 새삼 깨닫게 되었습니다.

가정에서 아이에게 존댓말을 가르치는 법

많은 부모들이 '우리 아이가 나에게 꼭 존댓말을 할 필요는 없다'고 생각합니다. 아이가 존댓말을 쓰면 왠지 아이와 친해질 수 없을 것 같고, 아이도 나를 어렵게 생각할 것 같다는 탈권위주의적 발상에서 그런 생각을 많이들 하는 것 같습니다. 더욱이 요즘 부모들은 아이의 눈높이에 맞춰 대화를 하려고 하지, 굳이 아이로 하여금 존댓말을 쓰게 해서 존대를 받아야겠다고 생각하지 않습니다.

그런데 부모들이 간과한 것이 있는데, 바로 존댓말도 말버릇 중 하나라는 사실입니다. 어려서 습관을 잘 들여놓지 않으면 나중에 커서 새로 습관을 들이기가 참 어렵다는 것이지요. 가정에서 부모와 함께 생활할 때 배워놓지 않으면 나중에 어디서 존대법을 배울까요? 학교에서요? 또래 아이들과 지내는 시간이 많은 학창 시절에는 존댓말보다는 또래 말에 더 노출되기 쉽습니다. 존댓말은 웃어른과 함께 있을 때 익히고 써야 교육적입니다.

그렇다면 가정에서 아이에게 존댓말을 어떻게 가르치냐고요? 좋은 교재가 혹시 있냐고요?

가장 좋은 방법은 부모가 아이에게 존댓말을 쓰는 것입니다. 아이들의 언어교육은 대부분이 '모방'입니다. 주위 사람들의 말투와 어휘를 흉내 내어 언어를 습득해 나갑니다. 존댓말을 따로 '공부'를 시킬 것이 아니라, '시범示範'을 보이는 것이 가장 효율적인 교육 방법입니다. 앞서 지하철에서 만난 아이의 엄마도 아이에게 존댓말을 쓰고 있는 것을 확인할 수 있습니다. 엄마가 아이에게 존댓말을 썼기에 아이도 자연스럽게 존댓말로 반응할 수 있었던 것이지요. 그렇다고 허구한 날, 24시간 존댓말을 쓸 필요는 없습니다. 시시때때로 놀이 삼아 존댓말을 쓰는 시간을 따로 정하여 아이와 함께 '존댓말 놀이' 시간을 가져보는 것도 좋습니다.

이때 존댓말을 자연스럽고 부드럽게 구사할 수 있는 비법을 하나 알려드리겠습니다. 아이들에게 지시하거나 명령해야 할 일이 생기더라도 되도록 '먹어요, 조용히 해요, 자요, 손 닦아요, 들어와요' 등의 명령형 어투를 쓰지 말고, 청유형이나 의문형으로 변형시켜 말하면 아이들이 잘 받아들이고 잘 반응하여 줍니다.

'우리 함께 먹어요, 우리 이제 조용히 해요, 마실까요? 손 닦읍시다, 들어올래요? 이제 우리 잘까요?'

이렇게 말하는 것이 좋습니다. 이런 예쁜 말투를 제일 잘 사용하시는 분들이 바로 유치원 선생님들입니다.

부모가 평상시에 서로 존댓말 쓰는 모습을 아이에게 보여주는 것도 좋은 방법 중에 하나입니다. 엄마와 아빠가 서로 존댓말을 쓰는 모습을 보며 아이가 수준 높은 존대법을 배울 수 있고, 부모가 서로를 존경하는 모습을 보여줌으로써 자연스레 인성교육의 효과도 누릴 수 있습니다.

존댓말을 하면 오히려 존중을 받는다

아이에게 존댓말을 가르친다는 것은 단순히 언어 자체를 교육하는 데 그치는 것이 아니라, 존댓말을 매개로 아이에게 '인간관계'를 함축적으로 가르치는 일입니다. 또 아이와 존댓말을 주고받는 행위는, 아이와 부모 사이에 갈등이 생겼을 때 그 갈등을 봉합하는 데도 크게 기여합니다. 몸에 밴 존댓말은 자신의 생각을 상대방에게 감정적으로 표출하지 않고 이성적으로 조절하여 의사소통할 수 있게 하기 때문입니다.

존댓말을 쓴다는 것은 상대방에 대해 예의를 갖추고 존중한다는 마음가짐의 표현입니다. 그렇기에 누구나 반말보다는 존댓말을 듣고 싶어 합니다. 누구에게나 존중받고 싶은 마음이 있으니까요. 그런데 역설적이게도 현실 속에서는 남에게 존댓말을 들음으로써 존중받는 것이 아니라, 내가 남에게 진심 어린 존댓말을 했을 때 오히려 남들로부터 존중을 받게 됩니다. 이것이 존댓말이 가진 역설의 진리입니다. 부디 아이들에게 '존댓말'이라는 언어의 형식을 가르치는 데만 그치지 말고 존댓말이 가진 삶의 철학도 온전히 전해주시기를 바랍니다.

남도 출신 어머니의 생활밀착형 언어

우리 어머니는 전라남도 광양에서 태어나셔서 사십여 년 전에 경기도 오산으로 시집을 오셨습니다. 지금은 누가 봐도 '서울 사람'이시지요. 그래서 지금은 경기도 지역의 말을 술술 쓰시지만, 집 안에서 늘 쓰는 '생활밀착형' 언어는 아직도 남도 사투리를 자연스럽게 구사하시곤 합니다. 가령 제가 어렸을 적에 남동생과 함께 뭐 사달라, 뭐 해달라 어머니에게 졸라대기 일쑤였는데 그때마다 어머니는 이렇게 말씀하시곤 했습니다.

"뻘소리 그만 하지 못해!"

이렇게 꾸짖으셨는데 '뻘소리'가 무슨 말인지 학교에서 배운 적도 없고, 심지어 친구들 사이에서조차도 단 한 번도 사용되지 않는 말이었지만 어머니의 표정과 말투로 충분히 그 뜻을 짐작하고도 남았습니다. 그래서 어머니 입에서 '뻘소리'라는 말이 나올라치면 그 즉시 어머니의 눈치를 슬슬 보며 당분간은 떼를 쓰지 않았습니다. 어머니에게 '뻘소리'라는 말은 시시때때로 떼를 쓰는 우리 형제를 다그치는, '생활밀착형' 언어였던 것입니다. '뻘소리'는 '쓸데없는 소리'라는 정도의 의미를 가진 말로 짐작되나 국어사전에는 나오지 않는 말입니다.

이렇듯 어머니가 구사하던 몇몇 어휘는 제가 유일하게 집에서만, 그것도 어머니의 입을 통해서만 들을 수 있었던 말입니다. 아버지는 경기도 토박이이셨는데, 평생을 어머니와 함께 살아오셨으면서도 어머니 입에서 종종 갑작스럽게 튀어나오는 생활밀착형 언어에 "그게 무슨 말이요?" 하고 당혹해하시곤 했습니다. 그런 모습은 우리 집에서만 볼 수 있는 참 재미있는 풍경이었습니다. 어쩌다 어머니가 귀에 낯선 남도의 말을 구사하면, 시집온 지 몇 십 년이 지났는데 아직도 전라도 말을 쓴다고 아버지가 장난스럽게 흉을 보시기도 했지요. 그렇지만 집에서 오로지 어머니의 입을 통해서만 들을 수 있었던 그 말들은 본의 아니게 우리 가족에게 남도 사투리를 친숙하게 만드는 역할을 했습니다.

토박이말이라고 다 사투리는 아니다

어머니만 쓰는 그런 말들을 무작정 전라도 사투리라고 여겼었는데 어느 날 놀라운 반전이 일어났습니다.

"어디서 꼬박꼬박 앙살이야! 저리 가지 못해."

어머니는 우리 형제를 혼내실 때 동생이나 제가 말대꾸를 하면, 앙살 부리지 말라며 꾸짖곤 하셨습니다. 어머니는 이 '앙살'이라는 낱말을 자주 쓰셨는데, 저는 어머니를 제외한 식구들이나 주위 사람들 중 그런 말을 쓰는 사람을 본 적이 없었습니다. 그래서 당연히 표준어 '앙탈'을 어머니가 '앙살'이라고 하시는가 보다 생각했습니다. 그러다가 나이 먹고 우연히 '앙살'이라는 말을 국어사전에서 발견하곤 깜짝 놀랐습니다. '앙살'은 '엄살을 부리며 버티고 겨루는 짓'이라는 뜻으로 표준국어대사전에 표준어로 실려 있는 말이었던 것이지요. 어머니에게 바득바득 대들거나 반항하던 어린 시절 내 모습은 지금 생각해도 영락없는 '앙살'이었습니다.

또 어머니가 이런 훈계를 하신 적도 있습니다.

"무슨 일이든 덤벙덤벙 하지 말고 야무지게 하는 버릇을 들여라."

어릴 때는 '덤벙덤벙'이 '대충대충'의 전라도 사투리인 줄로만 알았지요. 그런데 최근에 이 글을 쓰기 위해 어머니의 말들을 국어사전에서 찾아보면서 '덤벙덤벙'이 '들뜬 행동으로 아무 일에나 자꾸 함부로 서둘러 뛰어드는 모양'을 가리키는 표준어라는 것을 새로 알게 되었습니다. 사실 어머니가 어릴 적 들려주었던 말 중에는 웬만한 서울 사람도 알지 못하는 토박이 우리말이 꽤 많았던 것입니다. 어머니의 입에서 나오는 말 한 마디 한 마디가 우리 토박이말의 보고寶庫였던 것이지요.

할머니의 살아 있는 낱말 교육

어느 날 어머니가 전라남도 광양에 친정 나들이를 다녀 오셨습니다. 모처럼 시골에 내려가시더니 보따리에 온갖 시골 음식을 바리바리 싸들고 올라오셨습니다. 우리 식구에게는 그냥 '시골 음식'일지 모르지만 어머니에게는 어려서부터 즐겨 먹던 추억이 서린 음식이었겠지요. 할머니의 보따리를 곁에서 지켜보던 네 살배기 우리 아들이 양손에 무엇인가를 움켜쥐고 와서는 말했습니다.

"아빠, 이거 먹어. 할머니가 줬어."

"이게 뭔데?"

"부각."

"부각?"

"응. 할머니가 부각이래."

부각은 '다시마 조각, 깻잎, 고추 따위에 찹쌀 풀을 발라 말렸다가 기름에 튀긴 반찬'입니다. 아무리 제가 아이에게 우리말을 무수히 일러준다 해도, 아무리 좋은 책을 많이 읽힌다고 하더라도 '부각'을 할머니보다 더 생생하게 가르칠 수는 없습니다. 부각을 손에 들고 맛보면서 '부각'이라는 낱말을 익히는 것은 할머니가 있기에 누릴 수 있는 특권입니다.

그날 우리 아이는 전라도 잔칫상에 빠지지 않는다는 '부꾸미'도 먹었습니다. 부꾸미는 '찹쌀가루, 밀가루, 수수 가루 따위를 반죽하여 둥글고 넓게 하여 번철이나 프라이팬 따위에 지진 떡'입니다. 이렇게 국어사전에서나 겨우 찾아볼 수 있는 '부꾸미'가 우리 아이에게는 눈앞에 펼쳐진 살아 있는 '부꾸미'가 된 것입니다.

아이가 사투리를 배운다고 걱정하는 부모에게

어머니가 우리 아이를 오랫동안 봐주신 날이면, 저녁 때 만난 아이가 전라도 사투리를 살짝 씁니다.

"나가 만들었어."

'내가'라고 해야 할 것을, 우리 어머니 흉내를 내느라 '나가'라고 합니다. 강화도에 있는 외갓집에 오랫동안 다녀온 뒤로는 강화도의 사투리를 살짝 살짝 흉내 내어 쓰기도 합니다. 아내는 사투리를 쓰는 아이가 우스워 죽겠답니다. 아이의 그런 사투리 전염은 엄마, 아빠와 며칠 지내다 보면 다시 평상시 말투로 돌아옵니다. 저도 어려서 매일 같이 어머니의 낯선 어휘들을 들으며 자랐지만 저의 언어습관에서 전라도 사투리의 흔적을 찾아내는 사람은 없습니다.

할아버지, 할머니와 오랫동안 지낸 아이들이 사투리를 배운다고 안타까워하는 부모들을 종종 봅니다. 할아버지, 할머니가 가끔 구수한 시골 욕설을 하기도 하여 아이가 배울까 겁난다고도 합니다. 하지만 할아버지, 할머니와 대화를 나누는 것은 세대를 초월하는 수많은 우리말의 보물을 만나는 기회가 된다는 점도 잊지 마십시오. 할아버지와 할머니가 쓰는 말 중에는 아이가 알아두면 좋은 말이 훨씬 더 많이 있습니다.

어느 날 저녁 밥상에서, 어머니가 우리 아이에게 이렇게 말했습니다.

"지성아, 이것 좀 먹어보렴."

"할머니, 이게 뭔데?"

"고들빼기김치."

"고들빼기?"

"그래. 한번 먹어봐."

"고들빼기 먹기 싫어."

고들빼기가 먹음직스럽지 않게 생겼는지 아이는 도통 입에 대지를 않습니다. 그러나 고들빼기가 어떻게 생겼는지 안 이상 언젠가 고들빼기를 먹게 됐을 때 그것을 고들빼기로 기억할 것입니다. 저는 네 살배기 아이의 입에서 '고들빼기'라는 말이 익숙하게 나올 때 입가에 웃음이 배입니다. 고들빼기를 알고 있는 우리 아이가 자랑스러우니까요.

지나친 높임은
안 하느니만 못하다

 우리말의 두 가지 높임법

우리말 높임법 체계에서 행위의 주체를 높일 때는 일반적으로 '-시'
를 사용합니다. 그래서 '동생이 집에 가다'라고 하고, '아버지께서 집
에 가시다'라고 합니다. 이때 '가다'에 대응하는 높임 표현은 '-시'를
넣은 '가시다'입니다. 집으로 가는 주체가 높임의 대상이냐, 아니냐에
따라 '-시'의 사용 유무가 결정된 것이지요.

이렇게 '-시'를 활용하여 행위의 주체를 높이는 방법을 '주체높임
법'이라고 합니다. 그런데 우리말 높임 체계에는 재미있는 현상이 하
나 있습니다. 우리말에서는 행위의 주체만 높이는 것이 아니라 주체
의 신체 일부분이나 소유물까지도 '-시'를 붙여 높여줍니다. 그렇게

신체의 일부분이나 소유물을 높임으로써 주체를 간접적으로 높이는 방법을 '간접높임법'이라고 합니다.

"우리 할아버지는 코가 참 크시다."

위의 문장에서 코를 '크다'고 하지 않고 '크시다'고 하고 있는데, 이 발화를 살펴보면 할아버지의 신체 일부분을 높임으로써 간접적으로 할아버지를 높이게 되는 효과를 거두고 있습니다. '코'를 높였는데 결과적으로는 '할아버지'를 높이게 되는 것이지요. 우리말에는 이러한 간접높임법이 잘 발달되어 있습니다.

"우리 큰아버지는 집이 참 넓으시다."

이 문장 역시 큰아버지의 소유물인 집을 '넓으시다'고 높임으로써 큰아버지를 존대하고 있는 문장입니다.

간접높임을 사용할 때 주의할 점

그런데 일부 사람들이 이러한 간접높임법을 잘못 이해하거나 적절하지 않게 사용하여 괴상한 말을 만들어내는 경우를 종종 볼 수 있습니다.

(학교 조회 시간에)

사회자: 이어서 교장 선생님의 말씀이 계시겠습니다.

얼핏 보기에는 교장선생님의 '말씀'을 '계시다'고 높임으로써 간접 높임법을 적절하게 적용한 듯 보입니다. 학교 조회에서뿐만 아니라 결혼식장에서도 사회자가 '주례 선생님의 주례사가 계시겠습니다'라고 말하는 것을 심심찮게 듣습니다. 그런데 이와 같은 표현은 많은 사람들 앞에서 '말씀'을 할 대상을 지나치게 높이려는 의식이 만들어 낸 과잉 존대라고 할 수 있습니다. '계시다'라는 말은 사람에게나 붙일 수 있는 말이지, 사람이 아닌 것에 사용하기에는 과분한 말입니다. 그것이 간접높임을 위한 것일지라도 말입니다. 이때는 그냥 '말씀이 있겠습니다'라고 해도 무방하나 죽어도 높임 표현을 해야겠다 싶으면 '있다'에 '-시'를 붙인 '있으시다'를 활용하여 '있으시겠습니다'라고 하면 족합니다.

"이어서 교장선생님의 말씀이 있(으시)겠습니다."

이것이 가장 담백하고 깔끔한 간접높임 표현입니다. 그렇다면 이런 경우는 어떤가요?

(백화점에서)
점원: 손님, 지금 고르신 상품이 제일 좋으세요.

점원이 '좋다'고 하지 않고, '좋으시다'고 한 것은 손님을 의식해서

입니다. 손님에게 공손해야 한다는 강박관념이 아마도 이런 표현을 만들어냈을 텐데요. 그런데 가만히 살펴보십시오. 점원이 했던 말에서 '좋으시다'의 주어는 '상품'입니다. 즉 점원이 높이고 있는 것은 손님이 아니라 상품입니다. 상품을 '좋으시다'고 말하고 있는 것입니다. 상품은 손님의 것이 아닙니다. 주체의 소유물을 높이는 것이 간접높임법임을 감안하면 이는 잘못된 말입니다.

"손님, 지금 고르신 상품이 제일 좋아요."

이것이 바람직한 표현이지요.
상대를 높여주어야겠다는 의식이 지나치게 작용하면 오히려 꼴불견이라는 느낌을 줄 정도로 괴상한 문장이 생겨납니다.

"손님, 주차장은 이쪽이세요."
"7일 이내에는 얼마든지 반품이 가능하세요."

어디서 많이 들어본 듯한 이 말들을 찬찬히 뜯어보면, 엉뚱하게도 '주차장'을 높이고 있고(=이쪽이시다), '반품'을 높이고 있는(=가능하시다) 표현이라는 것을 알 수 있습니다. '주차장'이나 '반품'은 간접높임의 대상이 될 수 없음을 알고 나면 이 말들이 왜 말이 안 되는지 알 수 있지요.

"주차장은 이쪽입니다", "얼마든지 반품이 가능합니다"라고 하면 좋을 것을, 상대를 지나치게 높이려는 생각이 오히려 부족함만도 못한 꼴불견 표현을 낳고 말았습니다.

'과유불급過猶不及'이라는 말은 우리가 하고 있는 말에도 통하나 봅니다.

남을 높이려면 먼저
자신부터 낮추어라

 선생님 말씀도 말씀, 내 말도 말씀!

우리말 존대법에는 자기 자신을 낮추어 표현함으로써 대화의 상대방을 높이는 방법이 있습니다. '나'를 '저'라고 한다든지, '우리'를 '저희'라고 하는 것 등이 바로 그 대표적인 예입니다. 그런데 이러한 인칭대명사는 비교적 아이들도 잘 지켜 사용하지만 의외로 소홀한 것이 바로 '말씀'이라는 낱말의 쓰임입니다.

엄마: 학교에 가면 선생님 말씀 잘 들어라.

아들: 알았어요. 저는 항상 선생님의 말씀을 잘 들어요.

위 대화에서 엄마나 아들은 '선생님의 말씀'이라고 분명히 말하고 있어서 별 문제 없어 보입니다. 이 경우에는 어떨까요?

> 선생님: 내 말을 듣고서 질문 있는 사람은 손 들고 질문하도록 해. 저기 손든 사람!
> 학생: 선생님, 칠판이 잘 안 보여요.
> 선생님: 잘 안 보이면 다음 시간부터는 안경을 쓰도록 해.
> 학생: 제 말은 그게 아니라 선생님께서 칠판을 가리고 있어서 안 보인다고 한 건데요.

'선생님'이 자신의 말을 그냥 '말'이라고 한 것은 문제없는 표현입니다. 그런데 문제는 '학생'이 말한 자신의 '말'에 있습니다. 자신이 선생님께 했던 말은 '말'이 아니라 '말씀'이 되었어야 합니다. 즉 "제 말씀은 그게 아니라"라고 말했어야 합니다. 혹시 학생 자신의 말을 어떻게 선생님께 '말씀'이라고 높여 말할 수 있는지 의아한가요?

'말씀'은 남의 말을 높여 부르는 말인 동시에 자신의 말을 낮추어 부르는 말이기도 합니다. 자신보다 높은 사람의 '말'은 '말씀'이라고 높입니다. 그래서 부모님의 '말씀'이 되고, 선생님의 '말씀'이 되는 것이지요. 그런데 이 '말씀'은 높임말인 동시에 '낮춤말'이기도 하다는 점에 주의해야 합니다. 자신의 말을 들어 줄 상대방이 자신보다 높은 사람이라면 자신의 말도 당연히 '말씀'이 되는 것이지요. 그런데 일반적으로 '말씀'을 남의 말을 높일 때 쓰는 데만 익숙하여 자신의 말을 낮출 때는 잘 사용하지 못하는 경향이 있습니다. 이 단어는 우리말에서 높임말과 낮춤말의 형태가 똑같은, 몇 안 되는 사례입니다. 이제 '말씀'의 용법을 확실히 갈무리해 두면 '말씀' 때문에 결례를 범하는 일은 없겠지요. 다음과 같이 쓸 수 있습니다.

"제가 말씀드리겠습니다."
"제 말씀이 잘 들리시나요?"

'년'이나 '놈'이 붙었다고 다 욕설은 아니다

자신을 낮추어 상대방을 높이는 표현은 다음의 경우에도 적용이 됩니다.

손님: 안녕하세요? 오랜만입니다.
엄마: 예, 오랜만입니다. 건강하시죠?
손님: 누구와 함께 오셨나 봐요?
엄마: 아, 이 애는 제 딸년입니다.
손님: 어머, 엄마를 똑 닮았네요.
딸: 엄마는, 귀한 딸한테 '딸년'이 뭐야! 그것도 손님 앞에서. 너무 하

는 거 아냐?

   딸이 자신을 '딸년'이라고 소개한 엄마에게 화를 내고 있습니다. 왜 화를 낼까요? 아마도 엄마가 욕설에나 붙을 만한 '년'이라는 말을 붙여서 자신을 소개하였기 때문인가 봅니다. 하지만 이 '딸년'이라는 말이 앞서 설명한 '말씀'처럼 자신을 낮추어 표현하는 낱말이라는 것을 알았더라면 이런 불상사는 일어나지 않았을 겁니다.

   '딸년'이라는 말은 남들 앞에서 자신의 딸을 낮추어 표현하는 말로, 격식에 어긋나는 말이 아닙니다. 물론 사전에도 실려 있는 말입니다. '딸년'은 '딸아이, 딸자식, 여식女息' 등으로 바꾸어 써도 무방합니다. 이 말은 모두 자신의 딸을 겸양의 뜻을 담아 남에게 일컬을 때 쓰는 말입니다.

   이런 말이 딸에게만 있는 것은 아닙니다. 자신의 아들을 남에게 말할 때는 '아들놈, 아들자식'이라는 말을 사용합니다.

   "이 놈은 제 아들놈입니다."
   "저한테는 아들자식이 한 명 있습니다."

   그 밖에 사전에는 없지만 '아들 녀석'이라는 말도 쓸 수 있을 것 같습니다. 이런 말 없이 그냥 "제 아들입니다", "얘는 딸입니다"라고 말하는 것은 어떨까요? 문법적으로 크게 문제가 되지는 않습니다. 다만 우리말 예절 측면에서 볼 때 자신보다 높은 분들에게 아들딸들은 분명히 겸손하게 표현해야 할 대상임을 잊지 마십시오. 그리고 아이들에게 '딸년'과 '아들놈'이라는 말의 취지를 평소에 잘 설명해주면, 아이들이 행여 상처받는 일은 일어나지 않겠지요? '년' 혹은 '놈'이 붙는다고 모두 욕설은 아니니까요.

우리말은 높임말뿐만 아니라 자신을 낮추는 말도 잘 사용해야 합니다. 남들 앞에서 겸양의 언어를 사용하는 것이 우리말 예절이기 때문입니다. 그래서 귀한 아들딸이라도 남에게는 낮추어 표현하는 것이지요. 요즘 부모들은 워낙에 자식들을 귀하게 키우느라 무의식적으로 남들 앞에서 자기 자녀들을 함부로 지칭하기를 꺼리는 모양입니다. 그렇지만 적어도 우리말 예절에서는 자신을 낮추어야 그 반작용으로 자신의 인격이 높아진다는 점을 부모님과 아이들이 알았으면 합니다.

호칭을 잘못 쓰면
'족보 없는' 집안이 된다

우리말의 독보적인 특징 중 하나는 바로 사람과 사람 사이의 관계를 나타내는 말이 매우 발달되었다는 것입니다. 관계를 나타내는 말은 크게 '호칭어'와 '지칭어'로 나뉩니다. '호칭어'는 내가 어떤 사람을 직접 부르는 말이고, '지칭어'는 관계를 객관적으로 지칭하거나 다른 이에게 말할 때 그 사람을 가리켜 이르는 말입니다. 가령 '아내'라는 말은 관계를 객관적으로 지칭하는 '지칭어'이고, '여보'라는 말은 아내를 직접 부르는 말, 즉 '호칭어'인 것입니다.

사람 사이의 관계를 구별하게 해주는 이러한 낱말은 이렇게 호칭어와 지칭어로 나뉘는 것에서부터 시작하여 정교하게 낱말을 분화시켜 나갑니다. 적어도 우리말에서는 말입니다.

자녀들 앞에서 정확한 호칭어를 사용하자

(성규네 집에서)

성규 아버지: 성규야, 큰아버지 오셨다.

성규: 큰아버지, 안녕하셨습니까?

큰아버지: 오냐, 너도 그동안 건강하게 잘 지냈느냐?

성규 어머니: 어머나! 큰아버지, 못 본 사이에 많이 젊어지셨네요.

성규: 우리 큰아버지가 엄마한테도 '큰아버지'예요?

위의 상황에서 성규가 자신의 큰아버지를 어머니도 '큰아버지'라고 부르는 것에 의아해하는 것은 바로 어머니가 호칭어를 잘못 사용했기 때문입니다. 이 상황에서 성규 어머니가 사용해야 하는 정확한 호칭어는 '아주버님'입니다. '아주버님'은 남편의 형을 부르는 말입니다.

성규 어머니가 '아주버님'이라고 하지 않고 '큰아버지'라고 부른 것은 '아주버님'이라는 말을 몰랐거나, 혹은 자녀가 사용하는 '큰아버지'라는 호칭어를 그냥 편하게 사용한 것으로 짐작됩니다. 그러나 이렇게 호칭어 사용을 소홀히 여기는 것은 바람직하지 않습니다. 힘들고 어색하더라도 적확한 호칭어를 사용하는 것이 중요합니다. 자녀들 앞이라면 더더욱 그렇습니다.

남편 말고 서방님이 또 있다?

(신혼여행에서 돌아온 시동생을 맞이하는 상황)

남편: 여보, 우리 동생이 왔어.

아내: 저번 주에 신혼여행 갔다가 이제 돌아오셨구나.

시동생: 형수님, 저 왔어요. 별일 없으셨죠?

아내: 그럼요, 신혼여행은 즐거우셨죠?

시동생: 그냥 피곤하죠. 뭐.

아내: 서방님!

남편: 왜?

시동생: 왜요?

위 상황에서 '시동생'은 '남편의 아우'를 가리키는 지칭어입니다. 또 결혼한 여자의 입장에서 '시동생'은 결혼을 했느냐, 안 했느냐에 따라 호칭어가 달라집니다. 미혼이라면 '도련님'이라고 불러야 하고, 기혼이라면 '서방님'이라고 불러야 하지요. 위 상황에서는 시동생이 신혼여행에서 돌아왔으므로 아내가 '서방님'이라는 호칭어를 사용한 것은 매우 적절합니다.

그런데 이 '서방님'이라는 말이 아주 재미있습니다. '서방님'은 결혼한 시동생을 부르는 호칭어이기도 하지만 자신의 남편을 높여 부르는 말이기도 하기 때문입니다. 그래서 아내가 '서방님'이라고 부르자, 남편과 시동생이 동시에 대답을 한 것입니다.

그러나 현실적으로 이런 상황은 구경하기 힘든 일이 되었습니다. 왜냐하면 요즘 젊은이 중에 자신의 남편을 '서방님'이라고 부르는 사람도 별로 없고, 시동생을 정확히 '서방님'이라고 부르는 사람도 많지 않기 때문입니다. 대개 결혼 여부와 상관없이 '도련님'이라는 말을 잘 쓰는 것 같습니다. 그래서인지 요즘 사람들이 사용하는 호칭어와 지칭어를 보노라면 틀리는 것도 틀리는 것이지만 무엇보다도 너무 단순해져 가는 것이 안타깝습니다. 우리말은 사람 사이의 관계를 표현하는 말이 그렇게 발달해 있을 수가 없는데 우리의 언어 현실은 이를 십분 활용하지 못하고 있는 형편이니 말입니다.

그 사람이 앞에 있어도 못 부르는 이유

사람 사이의 관계를 표현하는 말이 정교하게 발달되었다는 것은, 그만큼 우리나라 사람들이 예부터 사람 사이의 관계를 중요시했고, 거미줄처럼 엮인 인적 네트워크를 언어로써 가지런하게 갈무리하고 있었음을 잘 보여줍니다.

그래서 이러한 호칭어와 지칭어를 제대로 사용하지 못하면 의사소통 측면에서 큰 불편을 겪는 것은 물론이고, 남들에게 자칫 예상치 못한 결례를 범함으로써 인간관계의 측면에서도 심각한 오해를 일으킬 수 있습니다. 생각해보십시오. '고모부'를 '이모부'로 부르는 자녀를. 이것은 오해를 넘어 '혼란'입니다. 호칭어와 지칭어를 모르는 집안은 '뼈대도 족보도 없는' 집안이 되는 것입니다.

따라서 이러한 호칭어와 지칭어는 어린 자녀에게 다른 어떤 낱말보다 먼저 가르치는 것이 좋습니다. 또 자녀들이 이를 자연스럽게 체득할 수 있도록 부모님들이 먼저 노력해야 합니다. 실제로 이러한 호칭어와 지칭어를 제대로 구사하는 학생들을 보면 '가정교육을 제대로 받았구나', '매우 예의 바른 사람이다', '근본 없이 자란 아이가 아니구나' 등 좋은 이미지를 갖게 되는 것이 사실입니다. 그런데 실상은 어떻습니까? 호칭어와 지칭어를 제대로 구사하고 있습니까? 요즘 청소년들은 호칭어와 지칭어를 제대로 구별하지 못하여 자신과 혈연으로 맺어진 사람을 다른 사람에게 이야기할 때,

"우리 친척 중에……"

"먼 친척인데……"

이렇게 두루뭉술하게 '친척'이라는 단 한 마디 말을 사용해서 정교하게 발달된 인간관계의 표지를 뭉개버리고 맙니다. 요즘 학생들에게는 '당숙'도 '당고모'도, 혹은 '재종'이나 '이종'도 모두 '친척'이라는 말로 뭉개버릴 수 있는 사람들입니다. 지칭어와 호칭어를 모르니 그 사람들과의 '관계'도 모릅니다. 막상 그 사람들이 눈앞에 나타나도 그 사람을 뭐라고 불러야 할지 모릅니다.

부모님들이 먼저 호칭어와 지칭어를 제대로 사용하고, 자녀들에

게도 적극적으로 가르쳐야 할 이유가 바로 이것입니다. 호칭어와 지칭어를 가르치는 것은 그냥 단순한 말 한마디가 아니라, 사람 사이의 관계와 서로 어울려 살아가는 방법을 가르쳐주는 일입니다.

아기에게 '너무' 예쁘다고 하면 실례다

 '너무'를 잘못 쓰는 일이 너무 많다

(인터넷 쇼핑몰에서 상품을 보며)

미림: 이 가방 너무 예쁘지 않니?

수진: 가격도 너무 싸서 꼭 사고 싶다.

미림과 수진의 대화에는 어떤 문제가 있을까요? 우리가 일상생활에서 아무런 문제의식 없이 쓰는 낱말 중에 '너무'라는 말이 있습니다. 그런데 이 '너무'라는 말은 자칫 잘못하면 큰 실례를 범할 수 있는 말이므로 주의를 요합니다. 이 낱말을 사전에서 찾아보면 '일정한 정도나 한계에 지나치게'라고 풀이되어 있습니다. 즉 '너무'는 '지나치다'는 의미가 포함되어 있는 말입니다.

아시다시피 지나친 것은 모자란 것만도 못한 극히 나쁜 상황입니다. 가령 "이 참외는 너무 익었네"라고 하면 참외가 먹기 좋게 잘 익었다는 뜻이 아닙니다. 먹기 좋은 정도를 지나쳐서 먹을 수 없는 참외라는 뜻이지요. 그런데 '너무'라는 말을 이렇게 쓴다고 가정해보세요.

"아기가 너무 예뻐요. 어쩜 이렇게 예뻐요?"

이 말은 아기가 지나치게 예쁘다는 뜻을 담고 있습니다. 예쁜 아기를 앞에 두고 '지나치다'고 표현한 꼴이 됩니다. 아기의 부모가 상처를 받을 수 있을 만큼 큰 결례의 표현이 되는 것이지요.

위에서 미림이가 가방이 너무 예쁘다고 한 것은 무슨 의미인가요? 꼭 맘에 드는 물건을 앞에 두고 정도가 지나치다고 말하는 것은 잘못입니다. 맘에 드는 가격을 두고서 너무 싸다고 말한 수진이도 마찬가지 잘못을 저지르고 있습니다.

위의 '너무'는 어떤 말로 대체할 수 있을까요? '매우, 아주, 참, 정말'과 같은 부사로 바꾸어 사용하면 좋습니다.

'가방이 매우 예쁘다.'

'가격이 아주 싸다.'

'오늘 밥이 참 맛있다.'

'오랜만에 만나서 정말 반갑다.'

위와 같이 말하면 됩니다. 위의 말에서 '매우, 아주, 참, 정말' 등은 이 낱말들이 쓰이는 상황으로 미루어 '너무'로 바꿔 쓸 수 없습니다.

'너무' 혹은 '참', 부사 하나로 감정이 뒤바뀐다

그렇다면 '너무'라는 낱말은 우리말에서 추방해야 할 말일까요? 아니요, 그렇지 않습니다. 이렇게 쓰면 바로 쓰는 겁니다.

"골동품인데 저렴하게 주고 구입했어."
"너무 싼 걸 보니 혹시 모조품 아니야?"

이 대화에 쓰인 '너무'는 제대로 쓰였습니다. 골동품치고는 지나치게 저렴해서 진품임을 의심받을 정도라는 뜻이니까요.
'너무'는 상황에 맞게 쓰면 말하는 사람의 기분을 정교하게 나타낼 수 있어 좋지만, 자칫 듣는 사람의 오해를 사거나 결례가 될 수 있으므로 조심해서 써야 하는 말입니다. 이를테면 누군가의 초대를 받아 다른 사람의 집을 방문했다고 칩시다. 현관에 들어서서 집주인에게 이렇게 말했다면 집주인의 기분이 어떨까요?
"집이 너무 깨끗하네요."
아마도 집주인은 '이 사람이 나를 결벽증 환자로 생각하나?' 이렇게 생각할지도 모른다는 것이죠. '너무'를 '매우, 아주, 참, 정말'로 바꾸어 쓰기만 해도 자기도 모르게 상대방에게 결례를 범하는 일을 막을 수 있습니다.

'너무'라는 말을 제대로 사용할 수만 있다면 말하는 사람의 미묘한 감정을 경제적으로 나타낼 수 있습니다. 예를 들어 조용한 도서관에 들어갔을 때 '너무 조용하다'고 말하면 조용한 분위기가 지나쳐서 자신이 공부하기에 적절하지 않다는 의미를 함축적으로 나타내게 됩니다. 반면에 '참 조용하다'고 말한다면 자신이 원하는 조용한 분위기라서 공부하기에 딱 좋다는 뜻이 됩니다. '너무'와 '참'이라는 부사 하나만으로도 복잡한 자신의 감정을 함축적으로 나타낼 수 있게 되는 것이죠. 이렇듯 말 한 마디 한 마디가 중요한 것이 우리말입니다.

'몹시 기쁘다'는 몹시 이상한 말이다

한편 '몹시'라는 말도 부정적인 의미로 쓰입니다. 이 말은 '매우, 아주, 참, 정말' 등과 같이 뒤에 오는 말을 강조할 때 쓰이지만, 앞의 말들과 비교할 때 미묘한 의미의 차이가 있습니다. '오늘 날씨가 매우 춥다'라고 하는 것과 '오늘 날씨가 몹시 춥다'라고 하는 것 중에서 어느 것이 더 적절한가요? 앞의 것도 틀리지 않지만, 좀 더 정확한 표현은 뒤의 것입니다.

'몹시'는 '더할 수 없이 심하게'라는 뜻을 가진 말입니다. 그래서 '몹시'가 수식하는 말은 주로 말하는 이가 마뜩하지 않게 생각하는 말일 경우가 많습니다.

"이 방은 몹시 어두워서 잠이 잘 와서 좋겠다."

위 말에서 '몹시 어둡다'는 어울리지 않습니다. '매우 어두워서' 혹은 '아주 어두워서'라고 말하는 편이 자연스럽습니다. 왜냐하면 잠이 잘 올 것 같은 어두움을 말하는 이가 흡족하게 여기기 때문입니다. 반면에 책을 읽을 수 없을 만큼 어두운 곳에서는 이렇게 말해야죠.

"몹시 어두워서 책을 좀처럼 읽을 수가 없어."

말하는 사람이 책을 읽을 수 없는 어두움을 마뜩지 않게 생각하고 있는 이 경우에는 '몹시 어둡다'라고 표현하는 것이 더 자연스럽습니다. 요컨대 '몹시'는 '오늘 날씨가 몹시 춥다', '나는 기분이 몹시 상했다'와 같이 화자가 주어진 상황을 부정적으로 판단하는 경우에만 한정적으로 쓰입니다.

'오래만에' 초상이 났다고 하면
큰일 난다

 박 대리가 실수한 것은?

[가] (뷔페에서)

민호: 오래만에 맛있는 음식을 실컷 먹게 되었네.

수진: 오래만에 고급 식당에 와서 그런지 보기만 해도 배가 부르네.

[나] (회사에서)

김 부장: 우리 부서 이 과장이 모친상이라고 그랬지? 퇴근하자마자
　　　　다 같이 상갓집에 다녀오자고.

박 대리: 네, 오래만에 우리 부서에 초상이 났네요. 한동안 이런 일이
　　　　없었는데 말입니다.

김 부장: 박 대리는 어떻게 말을 그렇게 하나.

박 대리: 네? 왜 그러십니까?

[나]의 상황에서 김 부장은 박 대리에게 어떤 불만을 가지고 있을까요? 박 대리는 어떤 말을 잘못했기에 김 부장이 언짢아하는 것일까요? [가]의 상황에 비춰보면 그 힌트를 찾을 수 있습니다. [가]에서 민호는 음식을 실컷 먹고 싶다는 평소의 바람을 모처럼 뷔페에서 이룰 수 있게 되어 기뻐하고 있습니다. 정말 오랜만에 음식을 실컷 먹게 된 모양입니다. 음식을 보기만 해도 배가 부르다고 하는 걸 보니 수진이 역시 매일 저렴한 식당만 이용하다가 뷔페에 오게 되어 설레는 모양입니다. [가]에서 민호와 수진이는 '오랜만에'라는 말을 사용하여 뷔페를 찾은 설레는 마음을 적절하게 표현하고 있습니다. 그렇다면 [나]의 상황에서 박 대리는 어떨까요?

'오랜만에'라는 말의 속뜻

야구 해설위원으로 유명한 하일성 씨가 자신의 말실수 때문에 큰 곤욕을 치른 적이 있습니다. 한번은 야구 생중계를 진행하던 중에 부산 근처에서 대형 열차 사고가 발생하여 수십 명이 사망하는 참사가 일어났다는 속보가 캐스터에게 전달되었습니다. 야구 생중계 중에 시청자에게 이를 급하게 전달하는 과정에서 하일성 씨가 이렇게 말했습니다.

"참 오랜만에 열차 사고가 크게 났네요."

당시에 이 말을 뱉자마자 자신도 아차 싶었다고 하는데, 직후의 상황이 생각보다 심각해지기 시작했습니다. 이 말이 방송을 타자마자 방송국에는 욕설이 섞인 시청자들의 항의 전화가 빗발치기 시작했습니다. 시청자들은 '그동안 열차 사고 나길 기다리고 있었냐'며 좀처럼 화를 누그러뜨리지 않았습니다. 시청자들은 대형 열차 사고에 안타까워하다가, 하일성 씨의 말 한마디에 갑자기 분개한 것이지요.

하일성 씨가 그때 '오랜만에'라는 말을 빼고 차라리 그냥 "열차 사고가 크게 났네요"라고 말했다면 아무런 문제가 되지 않았을 것입니다. '오랜만에'라는 말에는 '오랫동안 기대하던 일이 드디어 일어났다'는 말하는 사람의 속마음이 그대로 배어 있습니다. 그래서 시청자들은 하일성 씨의 말에 이런 속마음이 들어 있다고 여긴 것이지요.

"오랜만에 당신과 만나서 반가워요"라는 말에는 '그동안 만나고 싶었지만 한동안 못 보았었는데 드디어 만나게 되어서 반갑다'는 뜻이 은연중에 내포되어 있는 것입니다.

그러므로 [나]에서 박 대리가 '오랜만에' 자신의 부서에 초상이 났다고 한 말은 마치 그동안 박 대리가 초상나기를 기다리고 있었던 것처럼 들릴 수 있는 오해의 소지가 있는 말이었던 것이지요.

말하는 이의 속마음을 보여주는 말들

　일반적으로 우리말에서 부사어는 뒤에 나오는 서술어를 수식합니다. 가령 '기차가 매우 빠르다'에서 '매우'는 부사어로서 뒤에 나오는 '빠르다'를 수식합니다. 그런데 이와 달리 문장 전체를 수식하는 부사어도 있습니다. '과연, 확실히, 다행스럽게도, 의외로, 유감이지만' 등과 같은 말이 바로 그것이지요. 이런 부사어를 '문장 부사어'라고 합니다. 문장 부사어는 뒤에 나오는 문장 전체를 수식합니다. 여기에는 말하는 사람의 속마음이 그대로 담기기 때문에 문장 부사어를 사용할 때는 각별히 주의해야 합니다.

　"제가 이번 대회에서 금메달을 땄어요."

　이렇게 사실만을 간단히 전달하는 문장에 어떤 문장 부사어가 붙어 있느냐에 따라, 이 말을 하는 사람의 속마음은 물론 성품까지도 알아챌 수 있습니다. 이 문장 앞에 '의외로'라는 말을 붙여 "의외로 제가 이번 대회에서 금메달을 땄어요"라고 말했다면, 그 사람 입장에서는 전혀 예상하지 못한 금메달이었음을 알 수 있습니다. 또 '운 좋게'라는 말을 맨 앞에 붙여서 "운 좋게 제가 이번 대회에서 금메달을 땄어요"라고 말했다면, 그 사람은 금메달을 딴 것이 행운이 따른 덕이라고 생각하고 있는 것입니다. 이는 곧 말하는 사람이 겸손한 성품의 소유자임을 간접적으로 드러내는 표현이 될 수도 있습니다.

　이런 맥락에서 '오랜만에'라는 말을 아무 생각 없이 문장 앞에 함부로 붙였다가는, 자칫 듣는 사람에게 큰 결례를 범하거나 마음의 상처를 줄 수 있습니다. 심지어 하일성 해설위원과 같은 큰 곤욕을 겪을 수도 있으므로 조심해서 써야 할 말인 것이지요.

이 말 하나만 잘 써도 인간관계가 달라진다

한편 문장 부사어를 상황에 맞게 적절하게 사용할 수만 있다면, 상대방을 배려하면서도 자신의 속마음을 넌지시 알리는 효과를 얻을 수 있습니다.

"돈을 빌려줄 수 없습니다."

아는 사람이 돈을 빌려달라고 할 때 위와 같이 딱 잘라서 거절할 수도 있습니다. 하지만 문장 앞에 '죄송하게도'라는 문장 부사어만 살짝 올려주면 상대의 기분을 상하지 않게 하면서도 부탁을 거절할 수 있습니다.

"죄송하게도, 돈을 빌려줄 수 없습니다."

같은 말에 문장 부사어 하나만 붙였을 뿐인데, 듣는 사람 입장에서 거부감이 훨씬 덜하면서도 말하는 사람의 의도는 확실하게 전달됩니다. 이것이 바로 적절하게 쓰인 문장 부사어의 힘입니다.

앞서 박 대리가 "오랜만에 우리 부서에 초상이 났네요"라는 말 대신에 "애석하게도, 우리 부서에 초상이 났네요"라고 말했더라면 김 부장한테 혼나지 않을 수 있었겠지요.

요컨대 문장 부사어는 잘못 쓰면 상대방의 기분을 상하게 할 수도 있지만, 잘만 쓰면 돈을 빌려달라는 부탁을 거절하고도 좋은 관계를 유지하게 해줍니다. 사소한 일로 주변에서 오해를 사는 일이 잦은 사람이라면, 말 한마디만 좀 더 신경 써도 인간관계가 훨씬 좋아지지 않을까 생각해봅니다.

스마트폰 사주기 전에 '똑똑한' 통화 예절부터 가르쳐라

제 학창 시절에만 해도 가장 기본이 되는 전화 예절은 이렇게 말하는 것이었습니다.

"안녕하세요? 저는 길동이 친구 동철인데요. 길동이와 통화할 수 있나요?"

남의 집에 전화를 걸었을 때 전화를 받은 사람에게 먼저 인사를 하고 자신의 신분을 밝히는 것. 이것이 전화 예절의 시작이었습니다. 그 밖에도 부모님을 찾는 전화를 받았을 때는 어떻게 응대해야 하는지, 다른 사람을 바꿔줄 때는 어떻게 해야 하는지 등의 예절이 있었지요. 서로 얼굴을 보이지 않고 하는 대화이기에 전화 예절은 참 특별했습니다.

거리 곳곳에서 쉽게 찾을 수 있었던 공중전화. 이것은 집전화보다

더욱 특별한 예절이 필요했습니다. 공중전화에 관한 예절은 '공중도덕'이라고 불릴 만큼 당사자의 엄격한 양심과 교양에 기대어 많은 사람들이 지켜오던 것이었습니다. 가령 공중전화 부스 안에는 '용건만 간단히'라는 문구가 관습적으로 붙어 있었는데, 이것은 공중전화 사용자의 절대 원칙에 속하는 것이었습니다. 공중전화 부스를 오랫동안 차지하고 통화하다가 뒤에서 기다리던 사람을 조바심 나게 하면 종종 큰 봉변을 당하기도 했습니다. 신문 사회면에는 이 '용건만 간단히'라는 원칙을 지키지 않은 공중전화 사용자 때문에 일어난 폭력 사건이 심심찮게 보도되기도 했지요.

스마트폰 시대, 통화 예절도 변해야 한다

그렇지만 이러한 전화 예절에 대한 전통적인 논의들은 어디까지나 '전화기'에 관한 예절이었습니다. 요컨대 시대가 급변해서 그런 예절이 쓸모가 없게 되었다는 의미입니다. 생각해보십시오. 개인용 휴대전화가 100퍼센트 가까이 보급된 이 시점에서 길동이와 통화하려는 사람이 괜한 사람에게 전화를 걸어 길동이를 바꿔달라고 부탁할 일이 몇 번이나 있을지, 또 '용건만 간단히'라는 문구가 사유 재산인 휴대전화의 '무료통화' 그리고 '문자 무제한' 앞에서 과연 얼마나 설득력 있는 구호가 될지.

휴대전화가 대세를 이루는 요즘에, 꼬불꼬불한 전화줄이 말린 '전화기' 예절은 사무실 등과 같이 극히 공적인 영역을 제외하면 대부분 무용지물이 된 경우가 많습니다. 이제는 휴대전화라는 말도 잘 안 씁니다. '스마트폰'이 널리 보급되면서 이제부터는 '스마트폰 예절'이라고 불러야 할 지경입니다. 시대가 이렇게 바뀌어감에 따라 사람들이 서로 얼굴을 맞대고 대화를 나눌 기회는 적어졌지만, 아무리 '스마트폰 대 스마트폰'의 의사소통이 이루어진다고 해도 반드시 지켜야 할 통화 예법은 있는 법입니다. 이 장에서는 전통적인 전화 예절에다가 요즘 우리 아이들이 즐겨 쓰는 스마트폰의 사용 예절을 버무려서 우리말 예절의 변화를 이야기해볼까 합니다.

'여보세요' 대신 이름을 부르는 것도 좋다

첫째, 전화받을 때입니다. 종래는 "여보세요" 혹은 여기에 덧붙여 "○○○입니다"라고 자신의 신분을 밝혀 응대하는 것이 가장 일반적인 예절이었으나, 현재는 발신자 번호가 표시되므로 전화를 받으면서 곧바로 상대방의 이름을 부르는 것이 예사가 되었습니다. 그전에 우리가 사용하던 "여보세요"라는 말은 상대방의 신분을 확인하기 전에 예비적으로 반응하는 기능이 강했습니다. 다시 말해 전화를 건 사람의 정체를 알 수 없으므로 일단 정중하게 반응하여 상대방의 첫 음성이 들려오기를 기다리는 기능을 하는 말이었지요.

스마트폰 시대에는 상황이 달라집니다. 전화받은 사람이 "여보세요"라고 하면, 전화 건 사람의 입장에서는 서운해할지도 모릅니다. 왜냐하면 "여보세요"라는 말은 전화 건 사람이 확인되지 않았을 때 하는 말인데, '여보세요'라고 응대하는 것은 바로 자신의 전화기에 상대의 전화번호가 저장되어 있지 않다고 말하는 것과 같으니까요. 번호가 저장이 안 되어 있다는 것은 전화를 건 상대로 하여금 자신이 중요치 않은 사람으로 여겨지고 있다고 오해하게 할 수도 있는 것이지요.

그래서 요즘은 발신자가 확실하게 확인될 경우 "여보세요"라는 형식적인 인사말보다는 "반갑다, ○○야", "○○, 오랜만이네"라고 단박에 상대방을 호칭하는 것이 한편으로 상대방과의 친밀도를 높일 수 있겠다는 생각이 듭니다. 길거리에서 우연히 친구를 만난 것처럼 반갑게 이름을 불러주는 것도 나쁘지 않겠다는 것이지요. 다만 전화를 건 사람이 이름을 함부로 부를 수 있을 만큼 친한 사이가 아니거나 웃어른일 경우, 여전히 "여보세요"는 유효한 응대 예절이 됩니다.

중요한 내용을 문자로 묻는 것은 결례다

둘째, 전화 걸 때입니다. 요즘 우리 아이들에게는 전화 걸 때보다는 '문자를 보낼 때'가 맞지 않을까 합니다. 아시다시피 요즘 아이들은 전화보다는 문자를 주로 보냅니다.

'국어쌤, 낼까징 숙제 해가는 거 맞져?'

요즘 이런 문자를 아이들로부터 자주 받습니다. 간혹 수업 내용에 대해 질문하는 아이들도 있습니다. 이런 학생들의 문자에 어떻게 반응해야 할지 난감할 때가 많습니다. 문자메시지 자체의 맞춤법이 틀리고, 높임법이 잘못된 것은 그만두고라도 자신의 신상과 관련된 중요한 사항을 휴대전화 문자메시지 하나로 확인하려고 하는 것은 문제가 있습니다.

위의 문자메시지와 같이 '숙제를 내일까지 해야 하는 것인지, 아닌지'를 상대방의 대답이나 반응을 통해 반드시 확인해야만 하는 내용이라면 음성 통화로 전화를 하는 것이 휴대전화 예절입니다. 더욱이 웃어른이거나 친밀도가 떨어지는 사람이라면 더더욱 그렇습니다. 문자메시지는 상대방이 받아도 그만, 안 받아도 그만인 경우에 적절한 통신 방법입니다. 가령 친구 사이의 안부 문자 정도이겠지요.

상대방이 대답을 해주어야 하는 수고로움을 감안해서라도, 상대방의 대답을 들어야 하는 사안에 대해서 문자메시지를 이용하는 것은 적절하지 않습니다. 그리고 다른 사람에게 부탁을 하는 경우에도 문자메시지만을 가지고 승낙을 얻어내려고 하는 것은 상대방에 대한 결례이니 꼭 피하도록 해주세요.

만약 불가피하게 문자메시지를 보내야만 하는 상황이라면 "죄송

합니다만,"과 같이 정중하게 용서를 구하는 말을 먼저 첨언하는 것이 좋습니다. 만약에 상대방으로부터 응답을 받았을 경우에는 "도움 주셔서 감사합니다"와 같은 메시지를 반드시 다시 보내서 상대방에게 감사의 인사를 하는 것이 예의겠지요.

'들어가세요'는 생뚱맞은 끝인사

셋째, 전화를 끊을 때입니다. 사람들이 전화를 끊을 때 언제부터인지 모르게 "들어가세요"라는 말을 즐겨 쓰기 시작했는데, 이것은 예의 바른 끝인사로는 적절하지 않습니다.

아마도 이 말은 사람들이 공중전화를 많이 사용하던 시절에 '전화를 끊고 집으로 잘 들어가라'는 의미로 사용하기 시작한 게 아닐까 추측해봅니다. 또 한 마을에 전화기가 설치된 집이 한두 곳에 불과할 정도로 전화기가 귀했던 시절에는, 전화기가 있는 집으로 전화를 받으러 가는 일도 흔했습니다. 그때 통화를 마치는 일은 곧 자기 집으로 들어가는 일과 같았지요. 이렇듯 유선전화 시절의 인사말이 현재까지 전해져 전화 통화의 끝인사로 정착된 게 아닐까 짐작됩니다.

어쨌든 '들어가세요'라는 말은 이제 스마트폰 세대에게는 무의미한 명령문이기에 별로 바람직스러운 인사법이 아니라고 생각합니다. 전화를 끊고 마땅히 들어갈 곳도 없는 마당에 '들어가세요'라는 인사말은 참 생뚱맞게 들립니다. 차라리 그냥 "이만 전화 끊겠습니다. 안녕히 계십시오"가 가장 평범하면서도 무난합니다.

어떤 사람은 자기 말만 하거나 필요한 정보만 얻고 나면 전화를 그냥 툭 끊어버리는 경우가 있는데, 이는 상대방의 기분을 몹시 상하게 하는 행동입니다. 전화를 끊을 때는 통화의 끝맺음이 상호간에 분명히 인지되도록 최소한의 끝인사는 주고받으면서 전화를 끊는 것이 서로를 존중하는 통화 예절입니다.

휴대전화든, 스마트폰이든 이것은 어디까지나 사람과 사람이 얼굴을 맞대고 하는 대화를 보조하는 수단입니다. 설령 스마트폰으로 영상 통화를 한다고 해도 그것은 '실제'가 아닌 '가상'에 불과합니다. 그렇기 때문에 전화기를 통해 대화를 하고 문자를 주고받는 것은 기본적으로 무엇인가가 부족한 소통 방법입니다. 즉 최선의 의사소통 수단은 아닌 것이지요. 이렇게 불완전한 의사소통 수단에 최소한의 예절마저 지키지 않는다면, 휴대전화는 이기利器가 아니라 삭막한 흉물로 전락할지 모릅니다.

상황에 따라 다양한 우리 인사말을 제대로 구사하자

학창 시절에는 선생님들이 공부 잘하는 학생을 제일 좋아할 것이라고 생각했습니다. 그런데 막상 교사가 되고 보니, 제일 예뻐 보이는 학생은 인사를 잘하는 학생이더군요. 다른 선생님들도 이구동성으로 그렇게 얘기하는 것을 보면, 바른 인사말과 인사 태도가 다른 사람의 마음에 좋은 인상을 남기는 것 같습니다. 진작 이런 줄 알았으면 학창 시절에 공부만 열심히 하지 말고 인사도 좀 더 열심히 할걸 하는 회한이 생깁니다.

인간관계의 시작과 끝은 '인사'입니다. 인사 없이 만나는 법 없고 인사 없이 헤어지는 법도 없으니까요. 그러고 보니 인사만큼 중요한 언어 예절도 없습니다. 그러면 요즘 우리 아이들은 인사를 어떻게 하고 있을까요?

아주머니와 지수의 이상한 대화?

다음과 같은 상황을 가정해보도록 하지요. 지수와 옆집 아주머니가 길거리에서 우연히 마주쳤습니다.

> 옆집 아주머니: 어디 가니?
> 지수: 네, 그냥 저기요.
> 옆집 아주머니: 그래, 그렇구나. 잘 다녀오너라.
> 지수: 네, 안녕히 가세요.

위 대화를 보면 얼핏 납득하기 어려운 점이 한 가지 있습니다. 옆집 아주머니가 지수에게 어디 가냐고 물었을 때, 지수가 '그냥 저기'라고 얼버무립니다. 그런데도 옆집 아주머니는 '그렇구나'라고 하면서 만족할 만한 정보를 얻은 것처럼 말합니다. 불분명한 정보를 주었는데도 정작 정보를 요구한 대상은 대수롭지 않다는 반응입니다. 두 사람 모두 매우 원만하게 대화를 주고받고 있습니다. 이것이 가능한 이유는 무엇일까요?

그것은 바로 옆집 아주머니가 처음에 던진 '어디 가니?'가 특정 정보를 요구하는 의문문이 아니라 단순한 인사말로 쓰였기 때문입니다. 지수도 그것이 인사말임을 알았기 때문에 '그냥 저기요'라는 말로 응대한 것입니다.

만일 어디 가느냐는 옆집 아주머니의 인사말에 지수가 "네, 숙제하는 데 필요한 문방구를 사러 형제문구사에 가고 있습니다"라고 아주 구체적으로 대답했다면 오히려 아주머니가 당황했을 수도 있습니다. 또 반대로 '그냥 저기요'라는 지수의 응대에 아주머니가 "어른이 어디 가냐고 묻는데 그냥 저기라고 하면 어떡하니? 도대체 어디를 간다는 말이니?"라고 따졌어도 웃긴 상황이 되어버리고 맙니다. 옆집 아주머니는 지수에게 관심을 보여줌으로써 인사가 된 것이고, 지수는 그에 가볍게 반응해줌으로써 또한 인사가 된 것입니다. 요컨대 두 사람은 우리말에 존재하는 인사말의 특성을 제대로 이해하고, 아주 자연스러운 인사말을 주고받은 것입니다.

상황에 따라 무궁무진한 우리 인사말

그런데 요즘 우리 아이들이 웃어른에게 하는 인사말을 가만히 살펴보면, 만났을 때 하는 인사와 헤어질 때 하는 인사 딱 두 개로 양분되어 있습니다. '안녕하세요'와 '안녕히 가세요'가 바로 그것입니다. 심지어 제 또래 사이에서는 이마저도 하나로 통일되어 가고 있습니다. 만났을 때도 '안녕', 헤어질 때도 '안녕'입니다. '안녕' 하나로 모든 인사가 다 통하는 시대가 되었습니다. 인사말이 단조로워진다는 것은 어떻게 보면 요즘 시대가 사람에 대한 관심이 소홀해지고 있다는 방중입니다.

우리말은 다른 어떤 나라말보다 인사말이 다채롭습니다. 사람이 만나는 시간과 장소에 따라 인사말이 모두 다릅니다. 또한 똑같은 인사말이라도 상황에 따라 변용이 가능합니다. 위에서 살펴보았듯이 '어디 가니?'라는 물음은 길거리에서 친한 사람을 만났을 때 던지는 인사말입니다. 설사 상대방이 어디로 가는지 궁금하지 않아도, 혹은 어디로 가는지 이미 알고 있다고 해도 말입니다.

이런 의문문이 인사말이 될 수 있는 것은, 상대방에게 관심을 표하는 것이 기본적인 예의라는 생각이 우리말 인사의 밑바탕에 깔려 있기 때문입니다. 어디론가 걸어가고 있는 친구를 만났을 때는 어디 가냐고 묻는 것이 관심의 표현이 됩니다. 처음 보는 새 옷을 입고 나타난 친구에게는 옷이 예쁘다고 말해주는 것이 인사말이 될 수 있고, 머리 모양을 바꾼 친구에게 "머리 깎았구나?"라고 물어주는 것이 인사말이 될 수 있다는 말입니다.

비가 내리는 날에는 다른 인사말 없이 곧바로 "비가 많이 내리네요"라고 날씨 얘기를 건네는 것도 훌륭한 우리 인사말이 됩니다. 비가 내리는데 우산은 있으신지, 비가 내려서 혹시 불편한 것은 없는지 관심을 표현하는 것이지요. 이렇듯 우리 인사말은 시간, 장소, 그리고 인사말이 오가는 상황적 요소를 변수로 하여 다양한 모습을 띠게 됩니다.

"점심 잡수셨어요?"라고 인사할 줄 모르는 아이들

다음은 점심시간에 학교 복도에서 마주친 영수와 선생님의 대화입니다. 영수의 다음 반응은 적절한가요?

선생님: 영수야, 밥 먹었니?
영수: 그럼요, 지금 몇 시인데 밥을 안 먹었겠어요. 당연히 먹었지요.
　　　그리고 아까 급식실에서 저 밥 먹는 것 보셨잖아요.

위에서 선생님이 영수에게 "밥 먹었니?"라고 물은 것은 영수가 밥을 먹었는지, 안 먹었는지 궁금해서가 아닙니다. 학교 점심시간이라는 시간적 요소를 고려한 선생님의 친근한 인사말이었던 것이지요. 그런데 영수의 응답을 보면, 영수는 이를 인사말로 받아들이질 못했습니다. 위의 사례에 등장하는 영수는 '안녕'이라는 인사말에 젖어 있는 우리 아이들의 모습 그대로입니다. 요즘 어린 친구들은 선생님의 이런 인사말에 좀처럼 "선생님은 점심 잡수셨어요?"라고 상냥하게 응대할 줄을 모릅니다.

안녕하냐고 묻는 인사와 밥 먹었냐고 묻는 인사는 받아들이는 입장에서 분명히 다르게 느껴집니다. 나의 끼니에 대해 걱정해주는 인사말이 어찌 '안녕'이라는 그저 습관적인 인사말에 비교될 수 있겠습니까?

우리 아이들이 좀 더 다양한 우리 인사말을 구사하도록 지도해보면 어떨까요? 상대방이 처한 상황과 장소를 고려한 따뜻한 인사말을 말입니다. 인사말을 가르치는 것은, '말'과 함께 따뜻한 마음씨를 우리 아이에게 가르치는 일입니다. 더욱이 우리는 상대방을 고려하고 배려하는 따뜻한 인사말이 더더욱 필요한 시대에 살고 있지 않습니까.

우리말에는 외래어와 한자어 대신 예쁘게 사용할 수 있는 순우리말이 많이 있습니다.
그런데 생소해서 아무도 모를 것 같은 우리말을 굳이 되살려 쓸 필요가 있냐고요?
외래어나 신조어를 아무 생각 없이 남발하는 아이와 아름다운 우리말을 골라 쓰는 아이,
누가 더 품위 있어 보일까요? 우리말은 처음엔 조금 낯설어도 익숙해지면 금방 입에 붙어
얼마든지 자연스럽게 사용할 수 있습니다. 우리말을 잘하는 아이로 키워주세요.
그것이 곧 아이의 경쟁력입니다.

4장

말이 예쁜 아이를 위한
상황별 아름다운 우리말

'잗젊은' 얼굴만 좋아하는 세상, '좁쌀과녁'은 서러워!

 '얼짱'과 '동안'에 빠진 우리나라

최근 우리 사회가 지나치게 '얼굴'에 집착하는 경향을 보입니다. 인터넷을 통해 '얼짱'이 유행하기도 하고, 각종 매체에서는 '동안童顔'을 화제로 삼기 일쑤입니다.

그런데 가만히 생각해보면 사람들이 말하는 '얼짱'이란 남보다 예쁜 얼굴을 뜻하는 것이고, '동안'은 또래의 남들보다 어려 보이는 얼굴을 뜻합니다. 안타깝게도 남들과 '다른' 얼굴만으로는 우리 사회에서 가치를 인정받지 못합니다. 그래서 남들보다 뛰어난 얼굴이어야만 비로소 경쟁력을 갖춘다는 생각에 많은 사람들이 사로잡혀 있습니다.

결국 우리 사회에 만연한 얼짱 열풍, 동안 열풍은 남들보다 비교 우위에 있는 얼굴을 선망하고 욕망하는 현상이라고 할 수 있습니다. 그렇기 때문에 많은 이들이 단순히 얼짱과 동안을 부러워하는 것에 그치지 않고 스스로도 그렇게 되기 위해 애씁니다.

동안이 되기 위해 소위 '보톡스' 주사를 맞는 것은 연예인뿐 아니라 일반 사람들에게도 흔한 광경이 되었습니다. 어떤 이들은 성형수술을 해서라도 조금 더 얼짱에 다가서려고 노력하기도 하지요. 때때로 텔레비전이나 길거리에서 '데뚝한' 콧날을 치켜들고 오가는 사람들을 보노라면 '피노키오'가 생각날 만큼 어색해 보이기도 합니다. 물론 본인은 높아진 콧날이 자신의 자존심을 높여준다고 생각할 수도 있겠지만요. 참고로 '데뚝하다'는 '표가 나게 오뚝하다'는 뜻의 순 우리말입니다.

최근에 국내 모 제약회사에서 노화를 방지하고 피로를 한방에 날려준다는 기존의 광고 문구를 버리고 '안티에이징'이라는 광고 문구를 새로 들고 나왔습니다. 예상대로 광고 모델은 요즘 '동안'으로 유명한 연예인입니다. 마치 그 약을 먹으면 '안티에이징'이라는 말처럼 나이를 거꾸로 먹을 것 같은 느낌을 주는 광고입니다. 음료 광고는 또 어떤가요? 몸매는 '에스라인'으로, 얼굴은 '브이라인'으로 만들어준다는 음료수 광고가 차고도 넘칩니다. 이렇게 광고하는 약과 음료수만 먹으면 우리나라 사람들 죄다 '얼짱'이 되고, '동안'이 될 기세입니다.

임수정과 최강희는 '잗젊은' 여배우

'동안'과 관련하여 요즘 아주 재미있는 일을 겪었습니다. 공적인 일로 모 신문사 직원과 처음 만나 인사를 나눌 때였습니다. 그 직원 분이 악수를 건네면서 "처음 뵙겠습니다. 그런데 선생님, 참 동안이시네요"하는 게 아니겠습니까.

'동안'이라는 말은 요즘 인사치레라도 참 듣기 좋은 말이지만 이왕이면 진실이 담겼으면 좋겠다는 생각에 그분께 무례를 무릅쓰고 이렇게 물었습니다. "동안이라는 것은 나이보다 젊어 보인다는 의미로 쓰는 말인데, 제 나이도 모르시면서 어떻게 단박에 동안이라는 말씀을 하시죠? 거짓말인 게 너무 티 나는데요." 물론 웃자고 던진 질문입니다. 그랬더니 상대방이 머리를 긁적이며 "듣고 보니 그렇네요. 날카로우십니다. 하하!" 하고 겸연쩍어합니다.

상대방이 젊어 보인다는 뜻을 인사로 전할 때는 '애동대동하다'고 말해주면 최고의 찬사가 될 것 같습니다. '애동대동하다'는 '매우 앳되고 젊다'는 뜻의 순우리말입니다.

"선생님, 오늘 처음 뵙지만 참 애동대동하십니다."

이렇게 우리말로 인사를 했는데 상대방이 낯선 말에 당황스러워할 수도 있겠지요? 그럴 때는 이러이러한 뜻이라고 자상하게 풀어서 얘기해주면 더욱 기억에 남는 인사가 되지 않을까 생각해봅니다.

혹시 상대방의 나이를 알게 되었는데 생각보다 나이가 많지 않다면 '배젊다'고 할 수 있습니다. 이 말은 '나이가 아주 젊다'는 뜻의 우리말입니다. "새로 들어온 신입 사원이 배젊어서 좋더라"와 같이 씁니다.

정말 나이보다 젊어 보여서 우리가 흔히 말하는 '동안'을 가지고 계신 분이라면 '잗젊다'는 말로 그분의 얼굴에 품격을 더해봅시다. '잗젊다'는 '나이보다 젊어 보이다'라는 뜻을 지닌 우리말입니다. '동안'이라는 한자어 없이도 얼마든지 젊음을 표현할 수 있는 말이 바로 '잗젊다'입니다. 임수정이나 최강희와 같은 대표적인 동안 여배우를 '잗젊은' 여배우라고 표현할 수 있겠지요.

'얼큰이'보다 친근한 '좁쌀과녁'

얼짱과 동안 열풍 속에도 사각지대가 있으니 바로 얼굴 큰 사람입니다. 얼굴 큰 사람에게 얼짱과 동안은 꿈속 이야기입니다. 얼짱과 동안만 최고로 여기는 세상에서 이른바 '얼큰이(얼굴이 큰 사람이라는 뜻의 줄임말)'는 시름이 깊습니다. 얼굴 큰 사람들이 시대를 잘못 타고나 사회적으로 서러움을 당하고 삽니다. 특히 영화관이나 경기장처럼 사람이 많이 모인 곳에서 뒷사람의 따가운 눈총을 많이 받는다지요? 그렇지만 달리 생각해보면, 얼굴이 크다는 것은 사람들의 눈에 잘 띈다는 것이고 이는 곧 남다른 관심을 받는다는 뜻일 테니 너무 서러워할 것까지는 없지 않을까요?

　우리말에도 이렇게 얼굴 큰 사람을 위해 재미있는 말이 전해져 내려옵니다. 바로 '좁쌀과녁'이라는 단어인데요. '좁쌀같이 작은 물건을 던져도 빗나가지 아니하고 잘 맞는 과녁이라는 뜻으로, 얼굴이 매우 큰 사람을 비유적으로 이르는 말'입니다. 참 해학적인 말이지요? 사회적 '얼큰이'들을 이제 이렇게 불러주는 것은 어떨까요?

얼굴을 밤과 마늘에 비유하면 재미있는 우리말이 만들어집니다. 피부가 뽀얗고 반질반질한 사람은 '마늘각시'라고 부를 수 있습니다. '마늘각시'는 '하얗고 반반하게 생긴 색시를 비유적으로 이르는 말'입니다. 또한 통통하고 살이 오른 볼은 '밤볼'이라고 표현할 수 있습니다. '입 안에 밤을 문 것처럼 살이 볼록하게 찐 볼'을 의미하는 말입니다.
우리 사회에서 너나없이 선호하는 며느리상은 바로 밤볼을 지닌 마늘각시 아닐까요?

'포스트잇',
우리나라에도 옛날부터 있었다

'포스트잇Post-it'은 어디에든 몇 번이든 붙였다 떼었다 하면서 중요한 일정이나 내용을 기록할 수 있는 일종의 메모지입니다. 상품이 출시된 초기에는 형광색을 띠는 정사각형 크기의 한 가지 종류뿐이었으나 현재는 색깔도, 크기도 다양한 여러 가지 포스트잇이 판매되면서 학생이나 회사원들에게 어느새 필수품이 되어버린 요긴한 물건이지요. 그에 따라 일상생활에서 '포스트잇'이라는 말을 자주 사용하게 되었는데 문제는 이 '포스트잇'이라는 말이 보통명사가 될 수 없는 말이라는 데 있습니다. 이 말은 제조회사인 '쓰리엠(3M)'이 제품에 붙인 상표 이름, 즉 고유명사입니다.

국립국어원에서는 2004년 11월에 '한쪽 끝의 뒷면에 접착제가 붙어 있어 종이나 벽에 쉽게 붙였다 떼었다 할 수 있도록 만든 조그마한 종이쪽'을 가리키는 외래어 '포스트잇'을 대신할 우리말을 따로 만들기 위하여 누리꾼을 대상으로 설문조사를 한 적이 있습니다. 누리꾼이 제안한 '붙임쪽지', '갈무리쪽', '알림쪽지', '색찌지', '찌지' 등을 후보로 하여 투표를 벌였는데, '붙임쪽지'는 55퍼센트, '갈무리쪽'은 14퍼센트, '알림쪽지'는 15퍼센트, '색찌지'는 5퍼센트, 그리고 '찌지'는 8퍼센트의 지지를 얻어서 '붙임쪽지'를 '포스트잇'의 다듬은 말로 결정한 바 있습니다.

새로 만든 말 대신 '찌지'를 썼더라면

그런데 설문조사에 제시된 말들은 '찌지'를 제외하면 모두 새로 만들어낸 것입니다. 새로 만들어낸 말은 매우 낯선 말이기 때문에 언중 사이에서 활발히 쓰이는 데 제약이 따릅니다. 2004년에 이미 확정된 '붙임쪽지'를 7년이 지난 지금까지도 언중이 거의 사용하고 있지 않는다는 사실만 보아도 그렇습니다. 이미 국어사전에 정식으로 실려 있는 말을 외면하고 새로운 말을 만들어 쓰는 것은 대단히 비효율적인 일입니다. 이미 오래전부터 국어사전에 실려 있었던 '찌지'를 적극적으로 활용하는 편이 훨씬 합당할 것입니다.

제가 목 놓아 주장하는 '찌지'는 '특별히 기억할 만한 것을 표하기 위하여 글을 써서 붙이는 좁은 종이쪽'이라고 표준국어대사전에 이미 오래전부터 풀이되어 있습니다. 낱말 풀이를 보면 딱 우리가 사용하는 '포스트잇'에 해당하지 않나요? 비록 종이를 뜻하는 한자 '지紙'가 붙은 말이긴 하지만 상표 이름에 지나지 않는 '포스트잇'을 대체하기에 부족함이 없어 보이는 우리말입니다. 혹여 '찌지'가 한자가 결합된 낱말이라 께름칙하다면 그냥 '찌'라고 불러도 좋습니다. '찌지'와 '찌'는 같은 말이거든요.

'보람' 있는 것은 눈에 잘 띈다?

찌지는 특별히 기억해야 할 것을 표시하기 위해서 사용하는데, '보람'도 비슷한 기능을 하는 것 같습니다.

'비행기에 탈 때에는 가방마다 눈에 띄는 보람을 해두어야 한다.'

위 문장에서 '보람'은 무슨 뜻을 가진 말로 생각되십니까? '보람'은 '다른 물건과 구별하거나 잊지 않기 위하여 표를 해둠, 또는 그런 표적'을 뜻하는 우리말입니다. 비행기에서 내려 짐을 찾으려고 하면 비슷비슷한 가방이 많아서 헷갈리지요. 그러니까 보람을 해두면 한눈에 찾을 수 있어 좋습니다.

그런데 이 '보람'이라는 말은 '남을 위해 봉사하는 것은 참 보람 있는 일이다'라고 말할 때 쓰인 '보람'과는 어떤 차이가 있을까요? 남을 위해 봉사하는 일은 그렇지 않은 다른 일들에 비해 구별되거나 잊을 수 없는 특별한 가치를 지니는 일이기에 그것을 '보람' 있는 일이라고 말하는 것입니다. 따라서 믿기 어려우실 테지만 앞의 예문에 쓰인 '보람'과 뒤의 '보람'은 다른 말이 아니라 같은 말입니다. 실제로 '보람'을 국어사전에서 찾아보면 표적이라는 의미 이외에 '어떤 일을 한 뒤에 얻어지는 좋은 결과나 만족감, 또는 자랑스러움이나 자부심을 갖게 해주는 일의 가치'라는 뜻이 또 있습니다. 봉사란 다른 일들과 구별되는 행동, 바로 '보람' 있는 행동인 것이지요.

이 '보람'이라는 말은 '보람줄'이라는 말에 응용되었습니다. '보람줄'은 '책 따위에 표지를 하도록 박아 넣은 줄'을 말하는데 사전이나 성경 등 두꺼운 책에 많이 달려 있지요. 앞서 특별히 표시를 해두는 것이 '보람'이라고 하였으므로 그것을 위해 만들어놓은 줄이 바로 '보람줄'인 것이지요. 읽던 곳이나 필요한 곳을 찾기 쉽도록 책의 낱장 사이에 끼워 두는 물건을 통틀어 '책갈피'라는 말을 많이 사용하는데, 이제 '줄'로 된 것은 '보람줄'이라고 말해보면 어떨까요? 숨어 있는 말을 찾아내어 활용한다면 이것이야말로 참 '보람' 있는 일이겠지요.

찌지에는 일반적으로 중요한 내용을 적지요? 특히 공부하는 학생들인 경우 더더욱 그렇지요. '여럿 가운데에 가장 중요한 내용'을 우리말로 '알짬'이라고 합니다. '핵심, 키포인트' 등과 비슷한 의미를 지닌 말이 바로 알짬입니다. 이제 찌지에는 알짬을 적으세요.
또 '여럿 가운데에 가장 중요한'이라는 뜻을 지닌 '대모한'도 있습니다. "오늘 수업 시간에 배운 것을 대모한 내용부터 정리해보자"와 같이 쓸 수 있는데요. 주의할 점은 '대모한'은 관형사이므로 변형해서 쓸 수 없다는 것입니다. 즉 '대모하다, 대모하면, 대모할수록' 등과 같이 쓸 수 없습니다. 오로지 '대모한'의 형태로 쓰여서 바로 뒤에 나오는 말을 수식합니다.

- -

자습서가 아무리 좋아도
공부 못하는 이유

'공부의 신'이라는 말이 청소년 사이에서 유행합니다. 줄임말로 '공신'이라고 합다다. '공부의 신'은 자신만의 특별한 공부 방법으로 명문대에 진학한 학생들을 높여 부르는 말입니다. 시쳇말로 공부하는 데 '도가 텄다'고 봐야 할 이 학생들의 공부하는 습관과 태도는 매스컴에서 '비법'으로 포장되어 많은 수험생들의 호기심을 자극합니다.

얼마 전에는 '공부의 신'이라는 드라마가 제작되어 많은 인기를 얻은 바 있지요. 꼴찌를 일삼던 아이들이 탁월한 공부 비법을 지닌 선생님들을 만나 명문 대학에 진학한다는 성공 스토리를 담은 이야기입니다. 드라마 말미에는 각 과목마다 특별한 공부 방법을 출연 배우가 직접 전수해줌으로써 수험생들에게 매우 유익했던 프로그램으로 평가받기도 했습니다.

내용보다 화려한 자습서 이름

우리 사회에서 '공부'에 대한 관심은 이런 매스컴에만 존재하는 것은 아닙니다. 학생들이 요즘 많이 구입하여 사용하는 자습서나 참고서를 보면 참 재미있는 이름이 많습니다. 마치 이 책 안에 공부하는 비법이 모두 들어있는 것처럼 광고합니다. 인기가 많은 참고서 중에 무슨 만두 이름 같은 '완자'라는 게 있는데, 알고 보니 '완전한 자율학습서'의 줄임말이라고 합니다. '나비'라는 책이 있어 나비같이 날아벌같이 쏘라는 의미인가 했더니 '나만의 비법을 담은 책'이라고 하고요. '한끝'이라는 책은 여러 책 볼 것 없이 '한 권으로 끝내는 책'이라는 의미를 담고 있더군요. '우공비'라는 책이 있어서 중국 고사 '우공이산愚公移山'에 나오는 '우공'이 산을 옮긴 것처럼 꾸준히 공부하라는 뜻을 담은 것인가 했더니 '우등생이 공부를 잘하는 비법'이라는 말을 단순 축약해 놓은 것이랍니다.

사정이 이러하다 보니 요즘 참고서 시장에서 내용만큼 중요하게 여기는 것이 참고서의 이름입니다. 학생들의 관심을 조금이라도 더 받기 위해 좀 더 그럴듯하고, 좀 더 인상적인 이름을 지으려고 애쓰는 것이지요.

공부 못하는 애들이 꼭 이런다!

그런데 온갖 비법이 모두 담겼다는 이런 자습서로 공부를 해도 성적이 신통치 않은 것은 도대체 무슨 이유일까요? 저는 그게 궁금합니다.

학교 시험이 끝나면 이런 애들이 꼭 있지요? 답안지 제출하기 직전에 답 고쳐서 틀렸다고, 괜히 고쳤다고 호들갑 떨며 후회하는 애. 시험 망쳤다고 울고불고 난리 피우는 애, 얼마나 못 봤기에 그러냐고 물어보면 한 개 틀렸다는 애. 틀린 답 적어 놓고 서로 맞았다고 우기는 애들.

마찬가지로 좋은 자습서를 가지고도 공부 못하는 아이들을 보면 꼭 이렇게 공부합니다. 첫째, 공부 못하는 학생들이 꼭 시시콜콜한 것까지 죄다 외웁니다. 우리말로 딱 잘라 표현하면 공부 못하는 학생들은 책을 '톺는' 경향이 있습니다. 톺는다는 것은 '틈이 있는 곳마다 모조리 더듬어 뒤지면서 찾는다'는 뜻인데 기본형은 '톺다'입니다. 공부할 범위가 넓은데 톺아가면서 공부하는 것은 비효율적이겠지요? 공부를 잘하는 학생들은 중요한 핵심을 골라서 중점적으로 공부합니다.

둘째, 또 공부를 못하는 학생들의 중요한 특징은 책이나 학용품을 책상 위에 잔뜩 늘어놓는 행동입니다. 공부가 잘 안되니 이것저것 책상 위에 '버릇어' 놓는 것입니다. '버릇다'는 '벌여서 어수선하게 늘어

놓다'라는 뜻이거든요. 공부 잘하는 학생들은 자기가 공부할 책만 딱 올려놓고 집중해서 공부합니다. 그리고 끝나고 나면 다른 책 꺼내서 또 공부하구요. 책상 위에 책이 많다고 공부가 잘되는 것은 아니죠.

셋째, 공부 못하는 학생들이 꼭 볼펜 돌리기 기술이 화려합니다. 볼펜 돌리기 연습할 시간에 책을 한 글자라도 더 봤으면 얼마나 좋겠어요. 하지만 정말 공부가 안될 때나 문제가 잘 안 풀릴 때는 하릴없이 '붓방아'를 일삼게 됩니다. '붓방아'는 '글을 쓸 때 미처 생각이 잘 나지 않아 붓을 대었다 떼었다 하며 붓을 놀리는 짓'을 말하지만, 요즘에는 붓 대신 볼펜을 손으로 돌려댑니다. 아마 세월이 지나면 '붓방아'라는 말은 '볼펜방아'로 대체되어 그 의미 자리를 내어줄지도 모르겠습니다.

좋은 자습서를 구입했다고 너무 책만 믿지 마세요. 공부를 잘하려면 어떻게 해야 할지 정리해볼까요? 우선 책을 톺지 않아야 하고요, 책상 위를 버릇는 일을 삼가고요, 붓방아는 적당히 하고요. 참 쉽죠?

우리말 부스러기

자, 이번에는 공부 잘하는 학생들의 특징을 알아볼까요? 제 경험상으로 공부 잘하는 학생들은 '뒷귀'가 밝고 '글속'이 뛰어납니다. '뒷귀'는 '들은 것에 대한 이해력을 이르는 말'로 말귀를 알아채는 힘을 뜻하고, '글속'은 '학문을 이해하는 정도'를 뜻합니다.
그런데요, 정말로 공부를 잘하는 우등생은 따로 있더군요. 바로 '구메구메' 노력하는 학생입니다. '구메구메'는 '남모르게 틈틈이'라는 뜻의 부사입니다. 눈물겨운 '노력'이 타고난 뒷귀나 글속을 당하지 못하는 것 같습니다.

'알바' 때려치우고 '뜬벌이' 하자

'아르바이트Arbeit'라는 외래어는 원래 '일, 직업'을 뜻하는 독일어였습니다. 그런데 이 말이 우리나라에 들어오면서 '본래의 직업이 아닌, 임시로 하는 일'이라는 뜻으로 의미가 변화되어 쓰이게 되었습니다. '아르바이트'라는 다섯 음절짜리 말을 간단히 줄여서 '알바'라는 줄임말로 사람들이 흔히 사용하고 있지요. 그러나 '알바'는 아직 사전에 올라가 있지 못하고, 표준국어대사전의 경우 '아르바이트'를 표제어로 올리면서 '부업副業'으로 순화하라고 권장하고 있습니다.

그렇지만 현실적으로 '알바'나 '아르바이트'를 '부업'이라고 바꿔 부르기에는 무리가 있어 보입니다. 부업은 '본업 외에 여가를 이용하여 갖는 직업'을 말하는데 현재 아르바이트에 몸담고 있는 사람들의 대부분은 이를 부업이 아닌 생업으로 삼고 있기 때문입니다. 언중의 인식에서 부업이 아닌 것을 부업이라고 부르라면 당연히 무리가 따르겠지요.

취업난에 허덕이는 20대 비정규직 노동자를 일컬어 '88만 원 세대'라고 한다지요? '알바'에 치여 그보다도 더한 경제적 어려움을 겪고 있는 10대 청소년들은 '44만 원 세대'라는 별칭을 얻었습니다. 어려운 집안 형편 때문에 아르바이트를 하는 청소년들이 많은데도 불구하고, 최저 임금조차 제대로 주지 않는 고용주들이 적지 않다고 하니 참으로 슬픈 현실입니다.

공부하랴 뜬벌이하랴, 바쁘다 바빠!

'아르바이트'라는 독일어를 빌려오지 않았어도, 그리고 그 말을 굳이 '알바'라는 낯선 말로 바꾸지 않아도 우리말에 이 말을 표현할 수 있는 좋은 말이 있습니다. '뜬벌이'가 바로 그것인데요. '고정된 일자리가 아닌 어쩌다 생긴 일자리에서 닥치는 대로 일을 하고 돈 따위를 버는 일'이라는 뜻을 지닌 우리말입니다. '아르바이트'는 그야말로 고정된 직장이 아닌, 돈을 벌기 위해 임시로 하는 일이지요. '뜬벌이'가 아르바이트의 의미를 제대로 잘 반영하고 있는 우리말이라고 생각합니다.

그러면 아르바이트 직원으로 고용된 사람을 뭐라고 부르면 좋을까요? 우리는 흔히 '알바생'이라는 말을 쓰는데요, 이것은 학생의 신분을 가진 사람에게 한정적으로 사용할 수 있는 말인 것 같습니다. 이 말 대신 '놉'이라는 우리말을 써보면 어떨까요? '하루하루 품삯과 음식을 받고 일을 하는 품팔이 일꾼'이라는 뜻인데요. 아르바이트는 일반적으로 시급이나 일당으로 계산된 품삯을 받고, 임시로 고용된 일자리이기 때문에 월급이나 연봉을 받는 일반 직장과는 분명한 차이를 보입니다. 이런 점에서 아르바이트 직원을 우리말로 '놉'이라고 할 수 있지 않을까요? 더구나 딱 한 글자짜리 낱말이니 경제적인 언어 활동이 가능하기도 하고요.

편의점 알바는 보기보다 각다분하다

그렇다면 '알바' 하면 떠오르는 일거리로는 무엇이 있나요? 아마도 편의점 아르바이트가 대표적이지 않을까 싶은데요. 아르바이트를 해본 사람이라면 십중팔구는 편의점에서 일해보았을 정도로 흔한 일거리입니다. 편의점 개수가 워낙 많기도 하거니와, 야간 아르바이트의 경우 밤을 새우는 고된 일이라 직원들이 장기간 일하기를 꺼리는 탓에 이직이 잦은 편입니다. 그래서 아르바이트 직원이 수시로 바뀌기 때문에 많은 사람들이 경험할 수 있는 일거리가 된 것입니다.

편의점은 24시간 운영되기 때문에 야간 시간에 아르바이트 직원을 많이 쓰는데요. 잠을 쫓아가며 일을 해야 하기 때문에 참으로 각다분하기 이를 데 없습니다. '각다분하다'는 '일을 해 나가기가 힘들고 고되다'는 뜻인데요. 아르바이트뿐만 아니라 육체적으로든 정신적으로든 힘들고 고된 일에는 언제 어디서나 쓸 수 있는 요긴한 우리말입니다.

"시험 공부하기가 보통 각다분한 것이 아닙니다."

"요즘 세상살이가 각다분한 것은 경제가 어려운 탓이야."

편의점 알바를 하다 보면 봉창하는 일이 허다하다고 합니다. 그런데 이 '봉창하다'는 두 가지 뜻이 있습니다. 첫 번째는 '손해 본 것을 벌충하다'라는 뜻입니다. 거스름돈을 실수로 많이 지급했다든지, 상품의 가격을 잘못 계산했다든지 하는 바람에 정산할 때 돈이 비는 경우가 생기는데요. 그때는 자기 돈으로 벌충하는 수밖에 없겠죠. 이것이 바로 편의점에서 봉창하는 겁니다.

그런데 '봉창하다'가 가진 두 번째 뜻은 '물건을 몰래 모아서 감추어 두다'입니다. 그래서 편의점에서 봉창했다고 하면 자칫 도둑으로 몰릴 수도 있는 것이죠. 참고로 '자다가 봉창 두들긴다'는 속담에 쓰인 '봉창(창호지로 바른 창)'과는 전혀 상관없는 말이니까 괜히 연관 짓지는 마세요.

"너, 아르바이트 어디서 하니?"라고 물을 수도 있지만 우리말을 써서 이렇게 물어보는 것은 어떨까요?

"너 벌이터가 어디니?"

'벌이터'는 '벌이를 하는 일터'를 뜻하는 우리말입니다.

"요즘 손포가 모자라서 몹시 바쁘네."

"사람이 조금 더 있으면 손포를 덜 수 있을 텐데."

'손포'는 두 가지 뜻이 있는데 '일할 사람'이라는 뜻과 '일할 양'이라는 뜻을 동시에 가지고 있는 우리말입니다. 앞의 문장은 일할 사람이 모자란다는 말이고, 뒤의 문장은 일할 양을 덜 수 있을 것이라는 의미이겠죠.

바로 이 맛이야!
음식 맛을 맛깔나게 표현하는 우리말

수년 전부터 공중파 방송 3사를 통해 '맛있는 집'이나 '맛있는 음식'을 소개하는 프로그램이 부쩍 늘었습니다. 이들 프로그램은, 우리가 익히 아는 음식을 특별한 비법으로 조리해 사람들의 입맛을 사로잡는, 이른바 '맛집'을 소개하는 것이 일반적인 경향입니다. 그 밖에 건강을 위한 식단을 소개하는 프로그램도 있고, 일상의 식탁에서 쉽게 접할 수 없는 특별한 음식들을 소개하는 프로그램도 있습니다.

이들 프로그램은 주로 시청자들의 식욕을 한껏 자극할 만한 시간대에 방송되지요. 가령 저녁 6시에 주로 방송되는 종합 매거진 프로그램은 저녁 식사 시간을 전후하여 방송되고, 〈VJ특공대〉와 같은 프로그램은 야식이 당기는 늦은 밤 시간에 주로 방송됩니다.

"맛있어요" 말고는 없을까?

그런데 시청자들의 식욕을 자극하는 것은 비단 방송 시간대 때문만은 아닌 것 같습니다. 카메라 앞에서 맛있게 음식을 먹고, 음식의 맛을 품평하는 다양한 사람들의 인터뷰 장면이 사실은 식욕을 더 돋우기도 합니다.

"국물 맛이 끝내줘요."

"최고입니다. 정말 맛있어요."

"매콤하면서도 달콤한 맛이 일품이에요."

"정말 둘이 먹다 하나가 죽어도 모를 맛이에요."

"푸짐하고, 주인아주머니의 정성이 들어가서 더 맛있어요."

음식의 종류가 수만 가지이고, 음식의 맛도 이루 헤아릴 수 없이 많을 텐데, 이 음식의 맛을 표현하는 사람들의 '말'은 한계가 있어 보입니다. 매주 방송되는 음식 프로그램에서 음식의 맛을 전하는 출연자들의 '맛 품평'은 늘 고정되어 있다는 느낌을 줍니다. 같은 음식이라도 조리한 사람이 누구냐에 따라, 또 어디에서 누구와 먹느냐, 어떤 재료를 썼느냐, 어떤 조리법을 썼느냐에 따라 음식의 맛은 물론 식감도 천차만별일 것입니다.

이렇듯 미세한 맛의 차이를 표현할 우리말이 없을까요? 음식의 맛과 식감을 그야말로 '맛깔나게' 표현하는 우리말은 없을까요? 우리말 꾸러미에서 다양한 맛을 개성 있게 표현할 수 있는 우리말들을 찾아

꺼내보았습니다.

"전골 국물이 바따라진 게 일품이네요"

어떤 라면의 텔레비전 광고로 유명해진 "국물이 끝내줘요"는 그 광고 이후로 국물이 있는 요리를 품평하는 말의 전범典範이라 해도 좋을 만큼 상투적인 표현이 되어버렸습니다. '바따라지다'라는 우리말이 있는데 '음식의 국물이 바특하고 맛이 있다'는 뜻입니다. '바특하다'는 여러 뜻이 있는데 음식과 관련해서는 '국물이 조금 적어 묽지 아니하다'는 뜻을 가지고 있습니다. 내가 먹은 요리의 국물 맛이 썩 좋다면 이 '바따라지다'라는 말을 적극적으로 써봐도 좋을 듯합니다.

"국물 맛이 바따라져요."

"고기가 마닐마닐해서 제 입맛에 딱이에요"

국물 이외에 건더기 등의 식감에 대해 표현할 때는 '마닐마닐하다'를 써봄 직합니다. 이 말은 '음식이 씹어 먹기에 알맞도록 부드럽고 말랑말랑하다'는 뜻입니다. 말소리만 들어도 부드러운 느낌을 아주 충분히 느끼게 하는 '마닐마닐하다'는 건더기뿐만 아니라 연한 고기

류나 떡과 같은 음식을 먹을 때에도 쓸 수 있는 말입니다. 그런데 일반적으로 마닐마닐한 음식은 대다수 사람들의 입맛에 맞는 좋은 음식일 경우가 많습니다. 그래서 이 마닐마닐하다는 말은 단순히 말랑말랑한 식감만을 표현하지 않고, 특별히 맛난 음식을 비유적으로 나타낼 때도 쓰입니다.

"요즘 입맛도 없는데 오늘 저녁은 어디 가서 마닐마닐한 것을 먹어 보자."

이 말은 입맛이 없을 때 말랑말랑한 것을 먹자는 뜻은 아닐 겁니다. 입맛을 돋울 정도로 충분히 맛있는 음식을 먹자는 얘기겠지요.

"맛있다고 너무 빨리 먹었더니 맛바르네요"

정말 맛있는 음식은 다른 말로 '맛바르다'고도 합니다. '맛바르다'는 것은 '맛있게 먹던 음식이 이내 없어져 양에 차지 않는 감이 있다'는 뜻입니다. 먹던 음식은 다 떨어졌는데 조금만 더 먹었으면 좋겠다는 마음이 들 정도로 아쉬운 마음이 들 때 사용하면 적절한 낱말입니다. 우리가 흔히 둘이 먹다 하나가 죽어도 모를 맛이라고 하는데 그 정도로 맛있다면 맛바르게 되는 것은 시간문제이겠지요.

지금 먹은 음식이 마음에 흡족하도록 맛이 있다면 '맞갖다'는 표현을 사용할 수 있습니다.

'맞갖다'는 '마음이나 입맛에 꼭 맞다'는 뜻입니다. 그런데 이 말은 주로 '맞갖지 않다' 의 형태로 쓰입니다. "군대에서 먹는 밥은 나에게 맞갖지 않아 때때로 라면을 즐겼다" 와 같이 쓸 수 있겠지요.

반면에 말소리가 비슷한 '맛 갔다'는 음식이 상한 경우에 쓰는 말입니다. '맞갖은' 음식 과 '맛 간' 음식 사이에서 오해를 불러일으키지 않도록 이 두 낱말을 조심해서 써야 할 것 같습니다.

비빔밥 속에는
우리말도 들어 있다

'비빔밥' 하면 무엇이 떠오르나요? 표준국어대사전을 찾아보면 '비빔밥'을 '골동반骨董飯'이라고 한다는 것을 알 수 있습니다. 그렇다면 '골동반'은 도대체 무슨 뜻일까요?

우리가 흔히 '골동품骨董品'이라고 말할 때 쓰는 '골동'이, 밥이라는 뜻의 '반飯' 자 앞에 붙어 있습니다. '골동骨董'은 원래 '여러 가지 자질구레한 것이 한데 섞인 것'을 의미합니다. 따라서 '골동반'이라고 하는 것은 여러 가지 자질구레한 음식을 섞어 먹는 밥이라는 의미를 가지게 됩니다. 이름 자체만으로는 고급 음식의 이미지를 가지기 어려운 말이지요. 사실 우리 머릿속에도 '비빔밥' 하면 먹다 남은 밥과 반찬을 한데 모아 쓱쓱 비벼 먹는 서민적인 음식이라는 생각이 강합니다.

한식의 세계화에 앞장서는 비빔밥

이렇듯 대중적이고 서민적인 음식이었던 비빔밥이 국제적으로 명성을 얻게 된 계기가 있습니다. 1990년대 초에 우리나라 모 항공사에서 기내식으로 비빔밥을 내놓아서 세계적으로 호평을 받은 것을 계기로, 이제는 다른 나라의 많은 항공사에서도 비빔밥을 기내식으로 내놓고 있다고 하지요.

또 마이클 잭슨이 살아생전에 비빔밥을 즐겨 먹었다고 하여 화제가 된 적이 있었는데요. 국내 한 호텔에서는 '마이클 잭슨 비빔밥'을 메뉴로 개발하여 2~3만 원에 판매하기도 했습니다. 그뿐만이 아닙니다. 기네스 펠트로, 소피 마르소 등 세계적인 할리우드 스타들이 비빔밥을 '다이어트 건강식'으로 애용한 사실도 유명합니다. 비빔밥은 이렇듯 맛과 영양에서 모두 인정받은, 그리고 음식에서 빼놓을 수 없는 색감까지 갖춘 뛰어난 음식 중의 하나입니다.

비빔밥에 넣는 나물은 뭔가 다르다

비빔밥의 맛과 영양, 그리고 색감을 결정짓는 가장 중요한 요소는 무엇일까요? 바로 '나물'입니다. 비빔밥 마니아로 알려졌던 마이클 잭슨은 국내에서도 최고로 친다는 울릉도 산나물이 올려진 비빔밥만을 먹었다고 하는 걸 보면, 우리나라의 나물 맛을 제대로 알았나 봅니다.

나물이 비빔밥의 맛과 영양, 그리고 색감을 결정지을 만큼 중요한 요소라면 우리말 체계에도 이를 따로 일컫는 말이 있지 않을까요? 아니나 다를까 나물 중에서도 비빔밥에 넣는 것은 특별히 '거섶'이라고 합니다. 표준국어대사전 풀이에 의하면 거섶은 '비빔밥에 섞는 나물'입니다. 반찬으로 먹는 나물 말고, 비빔밥에 넣어 먹는 나물을 따로 부른다는 게 신기하지 않나요? 밥상 위에 반찬으로 따로 올린 나물, 그리고 밥과 섞여진 나물의 모양이 그렇게 많이 달라 보였을까요? 아니면 맛이 다르게 느껴졌을까요?

나물 반찬은 한두 쫴기, 거섶은 서너 자밤

밥상 위에 반찬으로 따로 올리는 나물은 아무렇게나 담아 내지 말고, 접시 위에 한두 '쫴기' 올려놓으면 맛깔스럽습니다. 쫴기는 '데친 나물이나 반죽한 가루를 둥글넓적하고 조그마하게 만든 덩이'를 말합니다. 고깃집에 가면 후식으로 아이스크림 퍼 드시는 경우 있으시죠? 움푹 팬 삽으로 퍼낸 동그란 아이스크림 덩이를 생각하시면 딱 좋습니다. 나물을 그 모양과 크기로 담아내면 그것이 바로 쫴기입니다.

반면 비빔밥에 섞어 먹는 나물은 '자밤'이라는 말로 양을 조절할 수 있습니다. 자밤은 '나물이나 양념 따위를 손가락 끝으로 집을 만한 분량을 세는 단위'를 말하는데요. 나물이나 양념 따위를 엄지·검지·장지 세 손가락 끝으로 집을 만한 분량을 한 자밤이라고 합니다. 갓 지어낸 따뜻한 밥 위에 나물 서너 자밤을 올려 고추장과 쓱쓱 비벼 먹으면 그야말로 끝내주는 맛이지요. 참기름이 있으면 금상첨화지만, 없어도 아쉬울 것 없는 비빔밥의 맛, 모두 상상하실 수 있으시죠?

참! 비빔밥은 '쓱쓱' 비벼 먹나요? '썩썩' 비벼 먹나요? 어떻게 비벼야 맛있는 비빔밥이 될까요? '쓱쓱'은 단순히 밥을 비비는 모양에 지나지 않지만, '썩썩'은 '지체 없이 빨리빨리'라는 사전적 의미가 더해지게 됩니다. 그래서 비빔밥을 '쓱쓱' 비비지 않고, '썩썩' 비비면 유달리 더 맛있어 보이고, 먹는 모습이 더 역동적으로 느껴져 보는 사람마저도 시장기가 돌게 합니다.

혹시 '칼나물'이라는 말을 아시나요? 설마 칼을 가지고 만든 나물은 아닐 테고, 그게 아니라면 칼로 잘라낸 나물을 말하는 것일까요? 칼나물은 스님들이 생선을 은밀히 일컫는 은어 중의 하나입니다. 국어사전에도 실렸으니 더 이상 '은밀하게' 주고받을 수 있는 말은 아니겠지만 말입니다. 아마도 육식을 금기하는 불가에서 생선을 직접적으로 언급하기를 꺼려 생긴 말이라고 봐야겠죠.

주전부리는 역시 '깡'이 최고!

1971년부터 판매되기 시작하여 이제 대한민국의 '국민 과자'라는 별명까지 얻은 '새우깡'! 저에게 '새우깡'은 그냥 과자가 아니라 우리말을 창조적으로 사용하여 새로운 우리말 사용법을 개척했다는 점에서 높이 평가하는 혁명적인 '말' 중의 하나입니다. '새우과자菓子, 새우스낵snack, 새우칩chip, 새우스틱stick, 새우크래커cracker, 새우쿠키cookie'가 아니라 새우'깡'이 되었다는 것이 참 기특합니다.

그렇다면 처음 새우깡을 만든 회사는 무슨 뜻으로 이런 이름을 붙였을까요?

새우깡은 국민 과자답게 전용 홈페이지가 있습니다. 이 홈페이지에 가면 새우깡 이름의 유래에 대해서 설명한 부분이 있습니다. '깡밥, 깡보리밥'의 순박한 이미지를 차용했다는 말이 나오는데, 이로부터 새우깡의 의미를 유추해 보면 다음과 같습니다.

새우깡, '깡'에 과자의 혼을 불어넣다

'깡밥'은 '튀밥'의 강원도 방언입니다. '튀밥'은 '튀긴 쌀이나 옥수수'를 일컫는데, 이 뜻대로라면 새우깡은 '튀긴 새우'라는 뜻이 됩니다. 그리고 '깡보리밥'이라는 말도 사전에 나오지 않는데요, 아마도 표준어 '꽁보리밥'의 잘못이라고 여겨집니다. '꽁보리'라고 함은 다른 것이 섞이지 않은 순 보리를 말합니다. 이 말대로라면 새우깡은 '순 새우로만 만들었다'는 뜻을 갖게 됩니다.

먹을 것에 유일하게 '깡'이 붙은 우리말로는 '수수깡'이 있는데, 이로부터 '깡'의 의미를 유추할 수도 있을 것 같습니다. 수수깡은 '수수의 줄기나 수숫대'를 의미합니다. 약간 길쭉한 모양을 뜻한다고 하겠지요. 이 뜻에 의지한다면 새우깡은 약간 길쭉한 모양을 지녔다는 의미를 갖게 됩니다. 이 모든 것을 종합하면 새우깡은 '순 새우로 만들어 길쭉한 모양으로 튀겨낸 과자'라는 뜻을 갖게 됩니다.

새우깡을 만든 사람이 실제로 이런 의도를 가지고 이름을 지었는지는 알 길이 없으나, 이상은 그와 상관없이 재미로 분석해본 새우깡의 의미였습니다. '깡'은 우리말이긴 하지만 새우깡이 유행하기 전에는 '과자'라는 뜻이 전혀 담겨 있지 않았습니다. 새우깡은 '깡'을 창조적으로 사용하여 '과자'라는 의미의 혼魂을 집어넣은 것입니다. 이제 '깡'은 맛있는 과자의 혼이 실려서 '양파깡'도 되고 '감자깡'도 되고 '고구마깡'도 될 수 있게 되었습니다. 새우깡이 나오기 전에는 상상도 할 수 없었던 일입니다.

새우깡 이놈 덕분에 과자를 뜻하는 외래어, 즉 '스낵, 칩, 스틱' 따위를 죄다 물리치고 '깡'이라는 우리말로 과자 이름을 붙일 수 있게 되었으니 참으로 고마운 일입니다.

입이 심심할 때는 과자 대신 과줄

사탕도 있고, 초콜릿도 있지만 군것질거리로 과자만 한 것이 있나요? 과자에 해당하는 우리말로는 '과줄'이 있습니다. '과줄'은 '꿀과 기름을 섞은 밀가루 반죽을 판에 박아서 모양을 낸 후 기름에 지진 과자'를 말합니다.

'강정'도 있는데 이것은 쌀가루로 만든 과자의 하나입니다. 물에 4~5일 불려 빻은 찹쌀가루를 청주와 설탕물로 반죽한 뒤, 손가락 마디만큼씩 썰어 말린 것을 기름에 튀겨 꿀 또는 조청을 바르고, 여기에 다시 깨, 잣가루, 콩가루, 송홧가루 따위를 묻혀 만든다고 합니다. '다식茶食, 약과藥果'라는 말도 있으나 이는 한자어입니다.

"밥은 안 먹고 자꾸 군입정만 할래?"

군것질과 의미가 닿아있는 우리말로는 '주전부리'가 떠오르네요. '때를 가리지 아니하고 군음식을 자꾸 먹음, 또는 그런 입버릇'을 뜻하기도 하고, '맛이나 재미, 심심풀이로 먹는 음식' 자체를 가리키기도 하는 순우리말입니다. 여러분은 어떤 주전부리를 즐기시는지요. 주전부리 말고 '입치레'라는 말도 군것질을 대신해서 쓸 수 있는 우리말입니다.

또한 때 없이 군음식으로 입을 다신다는 뜻의 '군입정'도 비슷한 뜻을 가진 말입니다. 이 말은 '군+입정'의 구조로 이루어져 있는데 '군-'은 '쓸데없는'이라는 뜻이고, '입정'은 '음식을 먹거나 말을 하기 위하여 놀리는 입'을 말하니까 쓸데없는 음식을 먹기 위해 입을 놀리는 것이 '군입정'이라고 보면 되겠습니다. "심심할 때는 갖가지 주전부리로 군입정을 하게 된다"와 같이 쓸 수 있겠네요.

우리말 부스러기

'미나리깡'이 무엇일까요? 앞에서 배운 '깡'의 의미를 곧바로 응용하면 미나리로 만든 과자가 되겠네요. 아직 미나리로 만든 과자는 못 봤는데 나오게 되면 꼭 미나리깡이라고 부르시고요. 이미 사전에 존재하는 말로는 '미나리를 심는 논'을 의미합니다. 미나리깡이라는 것은 북한어인데, 표준어로는 '미나리꽝'이라고 합니다. 미나리는 땅이 걸고 물이 많이 괴는 곳에서 잘 자랍니다. 이렇게 미나리가 잘 자라나고 있는 곳을 우리말로 미나리꽝이라고 부릅니다.

껌값, 떡값,
담뱃값을 합치면 얼마?

최근에 무려 2,500원짜리 껌 한 통이 시중에서 판매되기 시작했습니다. 기존의 껌은 '초산비닐수지'라는 인공 재료를 가지고 만든 것에 비해, 새로운 껌은 천연 치클을 사용하였기 때문에 가격이 비쌀 수밖에 없다고 하네요. 십수 년 전만 해도 100원짜리 두어 개만 주면 껌을 구입할 수 있었는데, '자일리톨'이 들어간 기능 껌이 나오면서 전체적으로 껌값이 오른 적이 있습니다.

심지어 구멍가게에 가도 '껌'은 없고 '자일리톨 껌'만 있을 정도로 인기를 끌기도 했습니다. '자일리톨'은 외래어를 표제어로 쉽게 허락하지 않는 표준국어대사전에도 당당히 표제어로 실릴 만큼 대중적인 낱말이 되었지요. 더 나아가 자일리톨은 이제 감미료의 종류가 아니라 껌의 대명사가 되어버린 듯한 느낌입니다. 이런 기능성 껌이 등장하면서 최소한 500원은 줘야 껌 한 통을 살 수 있게 되었지요. 그리고 그런 껌 다섯 통을 살 수 있을 고가의 껌이 또 개발되어 판매되기 시작했다고 하니, 껌을 팔려는 제과업체들의 껌 연구가 어디까지인지 궁금합니다.

이제 껌값이 껌값이 아니야

제과업체들이 '껌'을 팔기 위해 신제품 개발에 힘쓰는 까닭을 알아보니, 국내 껌 시장의 연간 매출이 무려 2,000억 원이 넘는답니다. 게다가 껌은 크기가 작아서 물류비용이 싸고 판매 공간도 거의 차지하지 않기 때문에 이문이 많이 남는 장사라고 하네요. 그래서 붙은 껌의 별명이 '식품계의 반도체'라고 합니다. 그만큼 제과업체에게는 효자 노릇을 하고 있는 상품인 것이지요.

대형마트에 갔다가 고가의 천연 치클 껌이 나온 것을 보고 이런 생각이 들었습니다.

'이제 껌값이 껌값이 아니구나.'

언제부터인가 아주 적은 금액을 일컬을 때 사람들이 '껌값'이라는 말을 사용하기 시작했습니다. 그만큼 껌은 싸디싼 제품의 상징이었고, 이것이 우리가 사용하는 말에 고스란히 반영된 것이지요. 그렇지만 이제 2,500원짜리 껌이 대중화되거나 혹은 유행이 된다면 '껌값'

이라는 말은 그 의미가 흐려질 것 같습니다. 사실 '껌값'은 아직 사전에 오르지 못한 말입니다. 사전에 실리기에 충분한 자격이 있는데도 그러지 못한 것은 다소 의아스럽습니다. 그렇지만 '껌값'이라는 말만큼 입 밖으로 쉽사리 튀어나오는 말도 없습니다.

"그거 얼마야? 오천 원? 껌값이네."

"네가 돈이 그렇게 많아? 그 정도는 나한테 껌값이야."

허세를 드러낼 때도, 상대방을 업신여길 때도 '껌값'이라고 말하면 말하는 사람의 의도를 분명히 드러내는 효과적인 표현이 되곤 하지요. 요컨대 '껌값'은 아주 적은 금액을 주관적으로 표현할 때 쓰는 말입니다.

담뱃값은 2,500원이 아니다?

사전에 실려 있는 우리말 중에는 '껌값'처럼 구체적인 물건의 값을 더 넓은 의미로 사용하는 예가 꽤 많습니다. 먼저 '담뱃값'이 있습니다. 담뱃값은 단순히 담배의 가격만을 의미하지는 않습니다.

"오늘 하루 종일 일했더니 힘드네. 담뱃값이라도 줘야 하는 거 아니야?"

이때 '담뱃값'이 설마 담배 한 갑 살 수 있는 2,500원은 아니겠죠? '담뱃값'은 약간의 사례금을 뜻하는 말입니다. 저의 개인적인 생각

아니냐고요? 아닙니다. 표준국어대사전에 그렇게 풀이되어 있습니다. 남을 위해 일한 대가를 받고 싶으나 노골적으로 돈을 달라고 할 수 없으니 우회적으로 표현하려는 언중의 노력이 이런 대체 용어를 만들어냈을 것입니다.

어느 초등학생이 아버지에게 이렇게 말했다고 칩시다.

"아버지, 제가 오늘 아버지 구두를 닦았으니까 담뱃값이라도 좀 보태주세요."

담뱃값에 약간의 돈이라는 속뜻이 있긴 하지만, 아무리 그래도 이건 좀 곤란하겠죠?

누구 떡값은 몇 천만 원, 농사꾼들 배춧값은 갯값

담뱃값에 이은 낱말은 '떡값'입니다. 아시다시피 떡값은 '설이나 추석 때 직장에서 직원에게 주는 특별 수당을 비유적으로 이르는 말'입니다. 그러나 우리에게는 '뇌물'의 의미가 강하게 배어 있기도 합니다. 표준국어대사전은 이렇게 풀이합니다. '자신의 이익과 관련된 사람에게 잘 보이기 위하여 바치는 돈을 비유적으로 이르는 말'이라고요. 뇌물 맞지요? 높은 사람에게 가져다 '바치는' 돈이니 좀 더 고상하게 표현할 법도 한데 이를 굳이 '떡값'으로 표현한 것은, 앞서 말했다시피 원래는 주로 명절에 주던 것에서 그 의미가 파생되었음을 보여줍니다.

혹시 '갯값'이라는 말을 들어보셨나요? '개-'와 '값'이 합쳐졌습니다. '형편없이 헐한 값'을 의미하지요. '똥값'이라는 말은 아시죠? 이 말과 같은 뜻입니다. '갯값'을 '개犬의 값'이라고 생각하시는 분도 있을지 모르겠는데 절대 아닙니다. '개의 값'이 '똥의 값'과 절대 같을 수 없습니다. '갯값'에 쓰인 '개-'는 '정도가 심한'의 뜻을 더하는 접두사입니다. 심할 정도로 가격이 싸다는 뜻이겠지요. 이 말은 이렇게 씁니다.

"일 년 내내 애써 경작한 배추가 갯값이 되었다."

민값으로 받은 월급, 백화점 이바짓값에 다 쓸라

이제 일상생활에서 새로이 활용해볼 수 있는 숨어 있는 우리말 '값'을 몇 개 소개하겠습니다.

먼저 '민값'입니다. '민값'은 '물건을 받기 전에 먼저 주는 물건값'을 뜻하는 순우리말입니다. 우리는 평소에 민값 대신에 무슨 말을 많이 쓰나요? '선지급先支給' 혹은 '선불先拂'이라고 많이 하지요? 요즘 많이 이용하는 온라인 쇼핑몰에서는 보통 선불, 즉 민값으로 거래를 많이 하게 되지요.

왜 물건을 받기 전에 미리 주는 돈을 '민값'이라고 할까요? 우리말 체계에 존재하는 '민-'이라는 접두사를 생각해보면 의외로 쉽게 의문이 풀립니다. '민며느리'는 결혼도 하기 전에 미리 데려오는 며느리를 말합니다. 같은 원리로 민값은 물건을 받기도 전에 미리 치르는 값이라는 의미가 자연스럽게 나오게 되는 것이지요. 일을 하기 전에 '선불'을 받으면 일할 때 왠지 힘이 납니다. 이렇게 한번 말해보면 어떨까요.

"사장님, 오늘 일당은 민값으로 주시지요."

두 번째로 소개할 말은 '이바짓값'입니다. 이바짓값은 '이바지'와 '값'이 합쳐졌습니다. 백화점 '바겐세일' 좋아하시죠? 바겐세일뿐이겠습니까? '할인 판매'도 좋아하고, '디스카운트'도 좋아하시죠? 바겐세일, 할인 판매, 디스카운트를 통째로 바꿔 쓸 수 있는 아름다운 우리말이 바로 '이바짓값'입니다.

표준국어대사전의 정직한 풀이에 의하면 이바짓값은 '손님에게 이바지한다고 원래 물건값보다 조금 낮추어 파는 값'을 뜻합니다. 즉 손님을 위해 이익을 조금 적게 남기더라도 물건값을 약간 낮추어 파는 것이지요. 우리가 익히 써오던 세일, 할인, 디스카운트 등의 말과 별반 다를 게 없는 뜻입니다. 시내 대형 백화점에 이런 플래카드가 나부긴다면 어떨까요?

"○○백화점 가을철 이바짓값 50퍼센트!"

"꼴값하네."

이런 말을 일상에서 흔히 쓰지요. '꼴값'은 가격이 아닙니다. 남을 비꼬거나 모욕하려는 의도가 있을 때 쓰이는 말이지요. '격에 맞지 아니하는 아니꼬운 행동'을 의미하는 이 말은 '얼굴값'의 속된 표현입니다. 그렇다면 '얼굴값'은 무슨 뜻일까요? 얼굴값은 '생긴 얼굴에 어울리는 말과 행동을 낮잡아 이르는 말'로서 가격이나 금액이라는 의미는 찾아낼 수가 없습니다. 얼굴값이든 꼴값이든 평소에 즐겨 쓸 만한 낱말은 아닙니다.

우리말 이름을 불러주면 내게로 와서 '꽃'이 된다

 드라마 〈아이리스〉에는 아이리스가 없다?

'아이리스' 하면 무엇이 머릿속에 가장 먼저 떠오르나요? 아름다운 꽃 아이리스가 머릿속에 그려지나요? 아무래도 몇 해 전에 텔레비전에서 인기리에 방영되었던 이병헌, 김태희 주연의 드라마가 떠오르지요? 그런데 이 드라마, 제목은 '아이리스'이면서 정작 드라마에 아이리스 꽃은 한 번도 제대로 비춰진 적이 없습니다. 드라마를 본 사람들은 이미 알고 있겠지만, 이 드라마의 제목이 '아이리스'인 것은 아이리스 꽃이 자주 등장해서가 아니라 드라마 속에 등장하는 비밀 조직의 암호명이 '아이리스'였기 때문입니다. '아이리스'라는 꽃 이름을 가진 드라마에 아이리스 꽃이 등장한 적이 없기에 우리 머릿속에 아이리스 꽃이 떠오르지 않는 것이겠지요. 드라마가 인기를 얻으면 덩달아 드라마 속 소품까지 유행하게 되는 경우가 많은데, 이 드라마의 경우 이런 이유로 실제 아이리스 꽃이 유행하는 데까지는 미치지 못했습니다.

'아이리스'는 잊어도 '붓꽃'은 못 잊어

그렇다면 이 드라마의 제목을 '붓꽃'이라고 했으면 어땠을까요? 왜 갑자기 뜬금없이 붓꽃 이야기를 꺼내느냐고요? 아이리스iris에 해당하는 순우리말이 '붓꽃'이거든요. 꽃봉오리가 붓의 모양을 닮아서 붓꽃이라는 이름이 붙었습니다. 우리말 꽃 이름에는 사연이 있고 까닭이 있습니다. 그래서 이름만 들어도 그 모습이 떠오르고, 꽃에 얽힌 이야기가 떠오를 것만 같습니다. 아이리스를 한 번도 본 적이 없는 사람은 아무리 아이리스가 아름다운 꽃이라고 해도 머릿속에 아무것도 떠오르지 않습니다. 그러나 '붓꽃'이라고 하면 자연스레 붓이 떠오르고, 이를 닮은 꽃이겠거니 하는 상상이 저절로 됩니다. 이런 우리말 이름은 한번 보고 나면 잘 잊어버리지도 않습니다. 뜻도 모를 외래어 이름을 외우는 것에 비하면, 꽃봉오리가 붓을 닮아서 '붓꽃'이라 불리는 꽃 이름은 애써 외우려 하지 않아도 잊어버릴 수가 없거든요. 오늘 꽃집에 나가서 아이리스 말고 붓꽃을 한 다발 사보는 것은 어떨까요?

담을 타는 '담쟁이', 살살 흔들리는 '살살이꽃'

마치 서양에만 있는 꽃인 줄로 착각하게 하는 외래어 꽃 이름은 대부분의 경우 그에 대응하는 우리말 꽃 이름이 버젓이 있습니다. 소리 내어 불러주기에 예쁜 이름도 있고, 왜 그런 이름이 붙었는지 쉽게 납득할 수 있는 정겨운 이름들도 많습니다.

우리말 꽃 '솜다리'는 발음하기에도 예쁘지만, 꽃에 솜털 같은 것이 달려 있어서 붙은 이름이라는 것을 쉬이 짐작할 수 있어 좋습니다. '솜다리'는 눈 속에서 핀다는 '에델바이스edelweiss'의 우리말입니다. 또 '아이비ivy'는 우리말로 '담쟁이'입니다. 담을 타고 뻗어가는 속성을 이름에 잘 반영하였지요.

향기가 좋은 '라일락lilac'은 꽃 모양이 수수를 닮아서 순우리말로 '수수꽃다리'라고 합니다. 수수를 닮은 꽃이 달려 있다는 뜻이겠죠. "라일락 꽃 향기 맡으면 잊을 수 없는 기억에 햇살 가득 눈부신 슬픔 안고 버스 창가에 기대 우네"로 시작하는 이문세의 명곡 〈가로수 그늘 아래 서면〉이라는 노래는 이미 대중의 입에 배어 '수수꽃다리'로 대체하기 힘든 영역이 되어 있습니다. 만약에 이문세가 처음부터 "수수꽃다리 향기 맡으면……"이라고 노래해 주었더라면 우리는 정말 아름다운 우리말 꽃 이름 '수수꽃다리'를 일상에서 되찾아 편하게 사용하고 있을 텐데라는 아쉬움이 남습니다.

가을이면 길가에 산들산들 피어나는 코스모스. 이 코스모스도 우리말 이름이 있습니다. 살살이꽃, 이게 바로 코스모스의 순우리말입니다. 왜 이런 이름이 붙었을까요? '살살'이라는 말은 '바람이 보드랍게 살랑살랑 부는 모양'을 표현하는 부사입니다. '바람이 살살 분다'와 같이 쓰는 말이지요. 이 꽃은 줄기가 가늘고 길어서 가을바람에 살랑살랑 잘도 흔들리지요. 한적한 길가에 쭉 늘어서 살살 흔들리는 모습, 이것이 바로 '살살이꽃'이라는 이름이 붙은 이유입니다. 현재 국어사전에는 '살사리꽃'으로 올라가 있지만, 안타깝게도 비표준어로 표시되어 있습니다. 표준어의 자리를 '코스모스'에게 내주고 있어 아쉬움을 더합니다.

'캐비지'는 양배추, '아이리스'는 붓꽃이다

이처럼 우리말 꽃 이름에는 사연이 있고 이유가 있어 좋습니다. 발음하기 쉽고 기억하기 쉬워 좋습니다. 외래어로 된 꽃 이름이라고 저마다의 뜻과 사연이 어찌 없을까마는 그 말을 태생적으로 부리지 못하는 한국 사람이 어찌 그것을 온전히 받아들일 수 있겠습니까? 우리말 꽃 이름은 피부에 저절로 와 닿지만 외래어 꽃 이름은 머리로 애써 이해해야 합니다.

어떤 사람이 이렇게 말합니다. "아이리스와 붓꽃은 품종이 약간 다르다. 아이리스는 붓꽃과에 속하기는 하지만 그렇다고 해서 아이리스를 무조건 붓꽃이라고 부를 수는 없다." 그 말을 한 사람이 제 앞에 있다면 저는 이렇게 대거리를 해줄 것입니다.

"품종이 '약간' 다른데 왜 이름은 이렇게 '전혀' 다르게 불러야 합니까?"

배추와 양배추는 비슷한 품종이기에 비슷한 이름으로 불러줍니다. 우리나라 배추와 서양 배추는 생김새가 비슷하기에 '배추'에 '양-' 자 하나를 더해 '양배추'라고 부릅니다. 품종이 약간 다름에도 불구하고 양배추를 굳이 '캐비지cabbage'라고 하여 전혀 다른 이름으로 부르지는 않습니다. '캐비지'도 엄연히 배추라는 인식이 언중에게 있는 것이지요. 아이리스는 붓꽃입니다. 식물도감에 어떻게 나와 있는지는 모르지만 아이리스는 붓꽃으로 불려야 합니다. 최소한 식물학자가 아닌 대한민국 언중에게는 말입니다.

'바이올렛'이 우리말로 '제비꽃'인 것은 많이들 아시죠? 겨울나러 갔던 제비가 돌아오는 무렵에 꽃이 핀다고 제비꽃이라 부른다는 설과, 꽃의 모양과 빛깔이 제비를 닮아서 제비꽃이라는 설이 있는데, 어느 설이 맞는지는 여러분의 판단에 맡깁니다. 바이올렛과 비슷한 모양의 '팬지'는 '삼색제비꽃'이라고 합니다. 제비 꽃과 달리 알록달록 여러 빛깔이 섞여 있는 꽃이기 때문이겠죠.

봄에 따뜻한 바람이 불면 금방 피어났다가 꽃샘바람이 불면 금방 또 져버린다는 '아네 모네'는 '바람꽃'이라는 예쁜 우리말이 있습니다. 그리고 영화에 자주 등장하는 '데이 지'는 꽃 모양이 작은 국화를 닮아 '애기국화'라는 우리말로 불리는데, 아쉽게도 국어사 전에는 애기국화가 북한어라고 되어 있네요. 어쨌거나 제비꽃, 삼색제비꽃, 바람꽃, 애 기국화 등 예쁘고 친숙한 우리말 꽃 이름을 우리 아이들이 많이 알았으면 좋겠습니다.

영화 속 주연과 조연을
우리말로 하면?

 영화 〈라디오 스타〉의 두 배우

왕년의 가수왕 출신이지만 폭행 사건으로 지금은 가진 것이라고는 아무 것도 없는 퇴물 연예인으로 전락한 최곤(박중훈). 그의 곁에서 한시도 떠나지 않고 그를 보살피는 매니저(안성기). 영화 〈라디오 스타〉는 이 두 사람이 강원도 영월의 작은 시골 마을 방송국에서 사람 냄새 폴폴 풍기는 라디오 프로그램을 진행하면서 펼쳐지는 아름다운 이야기가 담긴 영화입니다.

이 영화는 주연 배우와 조연 배우의 차이를 영화 속 명대사로 확실히 각인시켜 주었습니다. 매니저가 떠난 빈자리를 그리워하며 그의 소중함을 깨닫고 울부짖던 최곤의 대사는 많은 관객들의 가슴을 울

렸지요.

"형이 그랬지, 저 혼자 빛나는 별은 없다며. 와서 좀 비춰주라."

두 인물의 삶에서 주연 배우는 언제나 최곤이었지만, 그가 빛나도록 뒤에서 빛을 비춘 조연 배우는 바로 최곤의 매니저였습니다. 영화 속 삶에서는 주연과 조연으로 나뉘었던 박중훈과 안성기는, 실제 현실 속 영화 시상식에서는 공동 주연상을 수상함으로써 두 사람 모두 명품 연기를 인정받게 되었지요.

한편 영화 〈라디오 스타〉가 아닌 현실 속에서 조연 배우는 엄연히 주연 배우에 비해 홀대를 받기 일쑤입니다. 조연은 일반적으로 매력이나 명성 등에서 주연보다 덜한 경우가 많기 때문이죠. 또한 조연 배우라고 똑같은 조연 배우가 아닙니다. 스타급 조연 배우가 있는가 하면 그야말로 단역 배우도 셀 수 없이 많습니다. 한 편의 영화를 만든다고 하면 일단 주연 배우와 스타급 조연 배우를 먼저 정하고, 나머지 배우들을 다음 순위로 뽑게 되겠지요.

'머드러기'는 '지스러기'에 의해 빛난다

주연 배우와 조연 배우(스타급 조연 배우는 잠시 빼고 생각하겠습니다)를 각각 우리말로 표현하면 어떤 의미의 차이가 생길까요? 주연 배우를 표현할 우리말로는 '머드러기'가 있습니다. 머드러기는 원래

'과일이나 채소, 생선 따위의 많은 것 가운데서 다른 것들에 비해 굵거나 큰 것'을 뜻하는 말입니다.

과일 가게에서 과일을 골라본 적 있으시죠? 가게 주인이 "천 원에 다섯 개입니다. 골라보세요"라고 하면 가장 튼실하고 큼지막한 것 다섯 개를 직접 골라서 담지요. 이때 이걸 고르면 저게 커 보이고 저걸 잡으면 이게 더 커 보이는 신기한 현상을 경험하기도 합니다. 이렇게 퇴근길에 아버지가 과일 가게에 들러 가족과 함께 먹을 과일을 신중하게 고르는 장면은 평범하지만 일상의 소박한 행복이 느껴지는 참 포근한 장면이지요. 과일을 들어 이리저리 돌려보며 상처 입지 않은 것, 크고도 튼실한 것을 고르려는 아버지의 행동은 바로 '머드러기'를 고르기 위함입니다.

과일을 고르는 행위가 어떻게 주연 배우를 뜻할 수 있냐고요? '머드러기'는 그 의미가 확장되어 '여럿 가운데서 가장 좋은 물건이나 사람을 비유적으로 이르는 말'이기도 하거든요. 한 편의 영화 속에서 가장 빛나는 배우, 바로 '머드러기 배우' 아닌가요?

머드러기를 고르고 나면 나머지가 남는데, 이는 '지스러기'로 표현할 수 있습니다. 지스러기는 '골라내거나 잘라 내고 남은 나머지'를 뜻하는 우리말입니다. 영화나 드라마에서 '머드러기 배우'가 먼저 정해지고 나면 당연히 나머지 배우들은 '지스러기 배우'가 되는 것 아닐까요? 사전적 의미로는 좋고 나쁨을 가르는 뜻이 전혀 없으니까 자신이 '지스러기'가 되었다고 해서 너무 기분 나빠할 필요는 없겠죠? 다만 먼저 선택되지 못하고 남은 것일 뿐이니까요. 더구나 박중훈에 의하면 지스러기에 의해서 머드러기가 빛난다잖아요.

무한히 확장 가능한 우리말의 쓰임새

이 '머드러기'와 '지스러기'는 실생활에 응용하여 얼마든지 새로운 말을 만들 수 있습니다. 가령 〈전국노래자랑〉 대회가 열렸다고 해봅시다. 상을 받는 사람과 못 받는 사람이 생기잖아요. 이때 수상자를 '머드러기'라고 할 수 있고, 비수상자는 '지스러기'라고 할 수 있는 거죠. 심사위원의 입장에서 보면 수상자를 골라낸 것이니까요. 대회를 진행한 사회자의 멘트로 이런 말이 가능하겠네요.

"오늘 입상하신 머드러기 분들과 지스러기 분들이 함께 기쁨을 나누는 앙코르 무대가 준비되어 있습니다."

수학 시간에 배운 '여집합'이라는 개념을 기억하시나요? 어떤 집합의 나머지를 일컫는 여집합은 '남을 여餘' 자를 쓰는데요. 이 '여집합'이라는 전문용어를 '지스러기 집합'이라고 부를 수 있습니다.

그뿐만이 아닙니다. 스포츠 좋아하시는 분들은 '드래프트draft'를 아실 겁니다. 신인 선수를 선발하는 제도로, 일정한 기준 아래 입단할 선수들을 모은 뒤 각 프로팀의 대표가 신인 선수를 한 번씩 순차적으로 지명하는 선발 방법을 말하지요. 이 드래프트에 탈락하는 신인 선수는 당해에는 프로 선수가 될 수 없습니다. 일단 프로팀의 지명을 받은 선수들은 당연히 '머드러기 선수'이지요. 지명을 받지 못한 선수들은 다음 해를 기약해야 하는 '지스러기 선수'가 됩니다.

머드러기와 지스러기의 쓰임새는 무궁무진합니다. 얼른 응용해보세요.

우리말 부스러기

'-러기'가 말끝에 붙어있는 우리말은 대체로 부정적 의미를 갖는 경우가 많습니다. 이때 '-러기'는 접미사는 아닙니다. '찌드러기'는 '몹시 찌들어버린 물건'을 뜻하는 우리말입니다. '어스러기'는 '옷의 솔기 따위가 비뚤어진 곳'을 일컫습니다. '흠지러기'라는 말도 있는데 '살코기에 지저분하게 흐늘흐늘 매달린 고기'를 말합니다. 이 글에서 소개한 머드러기는 '-러기'가 붙었는데도 좋은 의미를 담고 있는, 몇 안 되는 진귀한 낱말이랍니다.

이 꼭지의 이름인 '우리말 부스러기'에서 부스러기는 '잘게 부스러진 물건'이라는 뜻으로 활용했습니다. 우리말에 관한 토막 지식을 전한다는 뜻을 담고 있는 이름입니다.

든든한 '뭇바리'만 있으면 '벗바리'는 필요 없다

 우리말 같은 일본말 '시다바리'

장동건 주연의 영화 〈친구〉는 아직도 심심찮게 사람들의 입에 오르내립니다. 감칠맛 나는 부산 사투리가 그득했던 영화이지요.

"니가 가라. 하와이."

"내가 니 시다바리가."

이런 대사는 이미 명대사의 반열에 오른 지 오래되었지요. 이런 부산 사투리가 없었다면 〈친구〉의 떠들썩했던 흥행 신화는 그 이후에 나온 블록버스터에 밀려 이미 오래전에 시간 속에 묻혀버렸을지 모릅니다. 그렇다면 이 명대사 속에 등장한 '시다바리'의 언어적 정체는 무엇일까요? 어떤 이는 부산 사투리 아니냐고 말하는데 사실 시

다바리는 '남의 밑에서 일하는 사람(したばたらき, 시타바타라키)'이라는 일본어에서 온 말입니다. 이 일본어가 영화 속에서 부산 사투리와 어우러져 묘한 향토감을 던져준 것입니다.

'군바리'와 '악바리'는 우리말

비록 '시다바리'는 우리말이 아니지만 우리말에는 '-바리'가 붙는 말이 꽤 있습니다. '시다바리'라는 일본어의 영향 때문인지 몰라도 많은 사람들이 우리말이라고 미처 인식하지 못하는 말 중에 하나가 '군바리'입니다. 군바리는 '군軍'에 '-바리'가 합쳐진 말로 국어사전에도 나옵니다. 표준국어대사전에는 '군인을 낮잡아 이르는 말'로 풀이되어 있습니다. 어떤 사람은 '군발이'라고 쓰는데 이는 틀린 표기입니다. '성미가 깔깔하고 고집이 세며 모진 사람'을 뜻하는 '악바리'도 '악발이'라고 쓰면 틀립니다. 군바리, 악바리에서 보듯 '-바리'는 '사람'이라는 의미를 담고 있는 말입니다.

'트레바리'는 정치인을 위한 말?

얼핏 영어처럼 보이는 '트레바리'는 '이유 없이 남의 말에 반대하기를 좋아함, 또는 그런 성격을 지닌 사람'을 뜻하는 순우리말입니다. 우리 주변에서 대표적인 '트레바리'는 아마도 정치인인 것 같습니다. 정말 이유 없이 다른 정당의 정책이나 말에 트집을 잡고 반대하기를 즐기는 사람들이지요. 정치인은 다른 정당이 하는 일을 칭찬할 수 있는 처지에 있지 못합니다. 정권을 빼앗아오기 위해서는 다른 정당이 일을 잘 못해야 하기 때문에 야당 의원들은 여당 의원들을 만날 물고 뜯어야 하는 숙명을 안고 있는 것이지요. 여당은 정권을 지켜내기 위해 물고 늘어지는 야당을 또 헐뜯을 수밖에 없습니다.

'트레바리'라는 말은 꼭 정치인에게 쓰라고 만들어진 말 같지 않은가요? 실제로 주변 사람들 중에 이유 없이 남의 말에 반대하고 트집을 잡는 사람에게 트레바리라고 핀잔을 줘보십시오, 화를 내나. 그러나 "이런 정치인 같은 사람!"이라고 해보십시오. 이렇게 말하면 상대방에게 정말 욕이 됩니다. 이상은 트레바리 같은 정치인이 사라지길 바라며 던진 우스갯소리였습니다.

'뭇바리' 따라 강남 간다

'뭇바리'라는 말이 있습니다. '여러 친구와 동료'를 뜻하는 우리말인데요. '여럿'의 의미를 담은 '뭇'에 '-바리'가 붙었습니다. '뭇'은 '수효가 많은'이라는 뜻을 지닌 관형사입니다. '뭇별, 뭇사람' 등과 같이 쓰입니다. 수많은 친구와 직장 동료 등을 모두 뭇바리라고 할 수 있는 것이죠.

다만 이 말은 매우 가까운 사이에서 쓰는 것이 좋겠습니다. 앞서 '군바리'에 쓰인 것처럼 '-바리'에는 상대방을 배려하거나 높이는 의미는 거의 없습니다. '군바리'라는 말이 군인들을 높이기 위해 만들어진 말이 아니라는 것이죠. 따라서 "아버지의 뭇바리도 중년이 넘으셨다"와 같이 쓰는 것은 결례가 될 수 있습니다. "내 생일 모임에는 뭇바리와 함께 실컷 놀 테야"와 같이 자신의 친구와 동료를 가리킬 때로 한정하는 것이 좋겠습니다.

그 사람은 '벗바리'가 든든하다

마지막으로 소개할 우리말은 '벗바리'입니다. 친구를 뜻하는 '벗'이 있는 것으로 보아 '친구 녀석들' 정도의 의미로 미루어 짐작할 수 있겠으나 뜻밖에도 '뒷배를 보아 주는 사람'이라는 뜻을 가진 말입니다. 우리가 시쳇말로 '그 사람은 빽이 좋다'라고 말하는데 그 '빽'이 바로 '벗바리'입니다. 한자어로는 '후원자後援者'에 해당합니다.

영어도 있습니다. 우리가 일상에서 자주 접하는 '스폰서sponsor'도 '벗바리'와 유사한 뜻으로 쓰입니다. 원래 스폰서는 '광고 의뢰자'라는 의미였으나 현재는 어떤 사람이 잘되도록 뒤에서 물심양면으로

도와주는 사람이라는 뜻으로 의미가 점차 확장되고 있는 말이지요. '빽'이나 후원자, 그리고 스폰서를 우리말 '벗바리'로 바꾸어 사용하면 어떨까 합니다. 비속어와 한자어, 그리고 외래어를 대체할 만한 훌륭한 우리말이 있다면야 마다할 이유가 없겠죠?

'-바리'의 정체는 과연 무엇일까요? 사실 우리말 중에는 '샘바리(샘이 많아서 안달하는 사람)', '데퉁바리(말과 행동이 거칠고 미련한 사람)', '힘바리(힘이 세서 무엇이든 힘으로만 하려는 사람을 낮잡아 이르는 말)' 등 '-바리'가 붙어 있는 말을 심심찮게 찾아볼 수 있습니다. 현재로서는 '-바리'가 독립적으로 국어사전에 실리지 않아 정확한 의미를 규정하고 있지는 못하지만, 앞서 예를 든 말들에 기대어 추측하건대 '-바리'는 '사람'을 낮추어 이르는 말이라고 봐도 무방할 것 같습니다.

'이 안에 너 있다'보다 멋진 사랑 고백

 당신 눈 속에 내가 있다

드라마 〈파리의 연인〉에서 수혁(이동건)이 자기 가슴을 가리키며 태영(김정은)에게 이렇게 말합니다.

"이 안에 너 있다."

사랑하는 사람이 내 가슴 속에, 그러니까 자신의 마음속에 항상 자리하고 있다는 연인의 고백은 참 달콤하기만 합니다. 언제나 그녀만을 생각하고 있다는 수혁의 고백은 드라마가 방영되던 당시에 대한민국 모든 연인들의 공식적인 '닭살 멘트'가 되어 전국적으로 크게 유행하기도 했습니다. 다정한 연인 사이에서나 오갈 수 있는 이 '닭살 멘트'를 다음과 같이 점잖게 표현해보면 어떨까요?

"당신 눈 속에 내가 있다."

이게 왜 점잖으냐고요? '이 안에 너 있다'와 무엇이 다르냐고요?

그렇다면 다른 질문을 해보죠. 사랑하는 사람과 눈을 맞추고 이야기를 나눠본 적이 있습니까? 그 눈 속에 무엇이 비치던가요? 그 사람의 눈동자 속에서 혹시 자신의 모습을 본 적이 있지는 않나요? 사랑하는 사람의 눈동자 속에 비친 자신의 모습, 그것이 바로 '당신 눈 속에 내가 있는' 것이겠지요. '눈동자에 비치어 나타난 사람의 형상'을 우리말로 '눈부처'라고 합니다.

'한뉘'를 함께 보내야 볼 수 있는 눈부처

눈동자 속에 비친 사람을 '눈사람'이라고 하지 않고 '눈부처'라고 이름 붙인 깊은 까닭을 새겨볼 필요가 있을 것 같습니다.

어느 누군가의 눈부처가 될 수 있다는 것은 보통의 사이에서는 있을 수 없는 일입니다. 특별한 인연을 가진 사람끼리만 공유할 수 있는 것이 바로 '눈부처'입니다. 아무리 친한 친구라도 서로의 눈부처를 확인하기란 여간 어렵지 않습니다. 가령 어머니와 아기, 애틋한 연인과 부부, 적어도 친하디친한 형제지간 정도는 되어야 가능한 일이지요.

고작 한두 해 친하게 지냈다고 볼 수 있는 것이 아닙니다. 그것은

'한뉘'를 오순도순 함께 살아갈 때 어느 날 문득 상대의 그윽한 눈동자 속에서 발견되는 소중한 이미지입니다. 참고로 '한뉘'는 '한평생'이라는 뜻의 순우리말입니다.

그렇게 특별한 인연으로 맺어진 두 사람만이 공유할 수 있는 것이기에 서로의 눈동자에 맺혔을 때 그 형상은 '사람'이 아니라 '부처'의 모습인 것이지요. 한없이 사랑스럽고 평화스러운 모습으로 상대를 바라봐주는 그 순간, 그 모습이야말로, 바로 '부처'의 형상에 다름 아닐 것입니다. 그래서 그것은 '눈사람'이 아닌 '눈부처'가 되어야 마땅한 것이겠지요.

이렇게 아름다운 우리말을 시인들이 놓칠 리 없습니다. 다음은 문수현 시인의 〈눈부처〉라는 시입니다. '눈부처'라는 말의 의미를 알고 나면 시적 화자의 애틋한 사랑의 마음이 오롯이 느껴지는 시입니다. 나는 누구의 눈부처가 되고 싶은지, 그리고 누가 나의 눈부처가 되어주고 있는지 생각해보면 어떨까요.

그대의 눈동자에 아직
내가 새겨지지 않았다면
한 걸음 더 가까이 다가서서
그대의 눈부처 되리
떠나가도 헤어져도
오래오래 잊혀지지 않는,

사랑한다 말해놓고 돌아서면

지워지는 그림자가 아니라

무시로 스쳐가는 구름이 아니라

호수의 바닥이 된 하늘처럼

깊이 뿌리내리고

눈 깜박일 때마다

눈동자 가득 살아나는 얼굴

나, 그대의 눈부처 되리.

눈 속에 눈부처와 같이 아름다운 것만 들어 있는 것은 아닙니다. '눈엣 가시'라는 말이 있습니다. 한자어로는 '안중정眼中釘'이라고 하는데요, 이때 정釘은 못을 의미합니다. 직역하면 '눈 속에 박힌 못'이라는 뜻이 되는데, '몹시 밉 거나 싫어 늘 눈에 거슬리는 사람'을 의미하는 이 말은 '남편의 첩을 이르는 말'로도 쓰 입니다.

'눈비음'이라는 말도 있습니다. '남의 눈에 들기 위하여 겉으로만 꾸미는 일'을 뜻하는 말인데요. 여기에서 '비음'은 명절 때 차려입는 옷, 즉 '빔'을 말합니다. 그래서 빔을 입 는 것처럼 겉으로 차려입고 꾸미는 일을 '눈비음'이라고 하게 된 것이지요. "눈비음보 다는 실속이 있었으면 좋겠다"와 같이 쓸 수 있겠네요.

장윤정과 소녀시대의 공통점?

조용필의 〈아하 그렇지〉, 이선희의 〈아 옛날이여〉, 장윤정의 〈어머나〉, 소녀시대의 〈Gee〉 이 네 노래의 공통점이 무엇인지 혹시 아시겠습니까? 대중에게 크게 사랑받은 가수가 부른 가요의 제목이라는 것쯤은 누구나 다 아는 사실이고, 그 밖에도 노래 제목에서 공통점을 발견할 수 있는데요. 바로 네 노래 모두 감탄사가 들어 있다는 것입니다. 감탄사 제목을 가진 노래는 노랫말이 전하고자 하는 느낌을 긴 말 없이 단박에 알아챌 수 있어 좋습니다.

특히 '어머나'(소녀시대의 'Gee'도 우리말의 '어머나'에 해당합니다)는 '주로 여자들이 예상하지 못한 일로 깜짝 놀라거나 끔찍한 느낌이 들었을 때 내는 소리'로서 장윤정과 소녀시대의 발랄함에 딱 어울리는 노랫말입니다.

조용필은 지금도 국민 가수로 불리는 가수이지만, 조용필 노래는 젊은 친구들에게 조금 낯설지도 모르겠습니다. 조용필이 부른 〈아하 그렇지〉의 노랫말을 소개하면 다음과 같습니다.

> 그렇고 그런 모습을 바라보며 걸었지
>
> 이렇게 저렇게 느껴본 것들도 많았지
>
> 밤을 새워 울던 날들이 있었고
>
> 사랑도 했지만 미워도 했지만
>
> 흘러 흘러 가버린 세월은
>
> 이제 다시 내게 말해주네
>
> 돌아보면 미운 사람 없더라 (아하! 그렇지 그렇고 말구)
>
> 스친 것도 사랑이더라 (아하! 그렇지 그렇고 말구)
>
> 돌아보면 정든 사람 많더라 (아하! 그렇지 그렇고 말구)
>
> 떠난 뒤엔 보고 싶더라 (아하! 그렇지 그렇고 말구)

젊은 날 열병과도 같은 사랑으로 몸살을 앓았지만 긴 세월이 지난 후에는 떠난 사람마저도 그리워진다는 삶의 회한을 노래하고 있습니다. 이 노래에서 '아하'는 일종의 추임새처럼 쓰여 세월이 던져주는 삶의 깨달음을 담고 있습니다. '아하'는 '미처 생각하지 못한 것을 깨달았을 때 가볍게 내는 소리'로서 아마도 먼 옛날 원효대사가 해골에 든 썩은 물을 마시고 크게 깨달았을 때에도 본능적으로 내뱉었을 법한 감탄사입니다. 조용필의 노래에서 '아하 그렇지'라는 것도 예전에 미처 깨닫지 못한, 사랑과 삶에 대한 각성에서 본능적으로 내지르는 감탄입니다.

괴로울 때는 왕배와 덕배를 불러라?

그렇습니다. 감탄사는 배우지 않아도 본능적으로 마음속에서 튀어나오는 말입니다. '감탄사'는 사전적으로도 '말하는 이의 본능적인 놀람이나 느낌, 부름, 응답 따위를 나타내는 말'이라고 되어 있습니다. 그런데 우리말 감탄사 중에는 일부러 배우기 전에는 도저히 본능적으로 나올 수 없을 것 같은 희한한 말이 몇 개 있습니다. 마치 누군가를 애타게 부르는 것 같은 이 감탄사들은 처음에 어떻게 생겨나고, 또 어떻게 언중의 마음을 표현하는 우리말이 되었는지 궁금하기만 합니다.

"아이고 왕배야덕배야, 중간에서 나만 죽겠네."

여기에서 '왕배야덕배야'는 왕배와 덕배를 부르는 말이 아닙니다. 띄어쓰기도 없이 온전히 붙여 쓰는, 즉 한 낱말로 된 우리말 감탄사입니다. 그렇다면 언제 내지르는 소리일까요? '여기저기서 시달려

괴로움을 견딜 수 없을 때 부르짖는 소리'입니다. 어느 시골 동네 떠 꺼머리 총각의 이름일 것 같은 왕배와 덕배는, 재미있게도 왕배와 덕 배를 모르는 사람들마저도 여기저기서 괴로울 때마다 부르는 이름 이 되었습니다. 여러분도 괴로울 때 '왕배야덕배야'를 외쳐보세요. 그때 여러분을 도와주러 나타나는 사람이 바로 '왕배'고, '덕배'가 아 닐까요?

감탄사도 배워야 쓸 수 있다

우리말의 감탄사는 '-차'로 끝나는 말이 매우 많습니다. 예를 들면 노를 저을 때 나오는 '어기여차'라든지, 줄다리기를 할 때 나오는 '영 차'라든지, 무엇이 잘못된 것을 갑자기 깨달았을 때 나오는 '아차'가 대표적이지요. 그리고 조금 낯선 감탄사로는 '어뜨무러차'가 있습니 다. '어린아이나 무거운 물건을 들어 올릴 때 내는 소리'입니다.

그렇다면 혹시 '알라'라는 감탄사를 써본 적 있으신가요? '알라'는 이슬람교의 알라신을 가리키기도 하지만 우리말에서는 '이상함을 느 낄 때 내는 소리'입니다. 그리고 이 '알라'와 '아차'가 합쳐진 감탄사가 있는데 그것이 바로 '알라차'입니다. '알라차'는 '경쾌함을 느낄 때 내 는 소리'입니다. "알라차, 우리 편 잘한다"와 같이 쓸 수 있습니다.

그리고 '알라차'도 있습니다. '알라차'와 딱 점 하나 차이가 나는

'얄라차'는 '무엇인가가 잘못되었음을 이상하게 여기거나 어떤 것을 신기하게 여길 때 내는 소리'입니다. "얄라차! 바퀴 없는 자동차가 있네"와 같이 쓸 수 있습니다.

우리의 느낌을 표현할 때는 역시 우리말이 제격이죠? 그래서 감탄사도 배워야 합니다.

감탄사는 아니지만 '왕배야덕배야'처럼 누군가를 부르는 듯한 느낌을 주는 우리말이 또 있습니다. '흥이야항이야'는 '관계도 없는 남의 일에 쓸데없이 참견하여 이래라저래라 하는 모양'을 의미하는 우리말 부사입니다. "내가 하는 일마다 당신이 흥이야항이야 끼어들어 귀찮아 죽겠다"와 같이 씁니다.

이와 비슷한 말소리를 가진 '엉이야벙이야'는 '일을 얼렁뚱땅하여 교묘히 넘기는 모양'이라는 뜻의 우리말입니다. "자신의 실수를 엉이야벙이야 넘기려는 것은 옳지 못하다"와 같이 쓰지요.

대중가요도 우리말로 노래하면
더 애틋하다

 우리말을 사랑한 록그룹

제가 중학생이었을 때 '송골매'의 인기가 참 대단했습니다. 지금은 '전설'이 되었지만 이 록그룹의 노래는 여전히 그때의 그 열기 그대로 남아 있음을 느낍니다. 가령 송골매의 〈어쩌다 마주친 그대〉라는 인기곡은 한 세대가 훌쩍 지나 버린 지금까지 명곡으로 손꼽히고 있습니다. 이 노래는 노래방에서도 종종 들리고, 운동장 응원가 속에서도 '어쩌다 마주친 그대 모습에 내 마음을 빼앗겨 버렸네'라는 노랫말이 심심찮게 들려오곤 합니다.

제가 〈어쩌다 마주친 그대〉보다 더 많이 즐겼던 노래가 있습니다. 그때는 노랫말을 하루 종일 입 속에서 오물오물하며 흥얼대기도 했었는데, 지금 생각해보면 노랫말이 무슨 뜻인지도 모르면서 멜로디만 즐겼던 것 같습니다. 그 노랫말은 다음과 같습니다. 이 노래 혹시 기억하시나요?

하늘은 매서웁고 흰 눈이 가득한 날
사랑하는 님 찾으러 천상에 올라갈 제
신 벗어 손에 쥐고 버선 벗어 품에 품고

곰비임비 임비곰비 천방지방 지방천방
한 번도 쉬지 않고 허위허위 올라가니
버선 벗은 발일랑은 쓰리지 아니한데

님 그리는 온가슴은 산득산득 하더라
님 그리는 온가슴은 산득산득 하더라

이 노래는 1985년에 발매된 송골매 5집에 수록된 〈하늘나라 우리 님〉입니다. 한 행이 4음보로 이루어져 마치 옛시조 한 수를 보는 듯합니다. 사실 이 노래는 현전하는 옛시조의 시구를 가져다가 노랫말을 만든 것입니다. 그래서 예스러운 느낌을 더하고 있지요. 게다가 노랫말에 쓰인 낱말 하나하나가 고풍스러워 더더욱 그런 느낌을 갖게 합니다. 하지만 이 노래에 쓰인 말들은 현재 하나도 빠짐없이 표준국어대사전에 실려 있어 현대에 와서도 표준어로 대접받고 있는 말들입니다. 비록 고풍스러운 느낌을 주는 노랫말을 가지고 있지만, 록그룹이 부른 박력 넘치고 신나는 노래입니다. 그래서 묘한 매력을 가진 노래이기도 하고요. 여러분도 꼭 한번 찾아서 들어보셨으면 합니다.

이 노래는 제가 우리말의 보물창고라 여기며 아껴 부르는 노래입니다. 이 노래만큼 우리말을 사랑한 대중가요가 있을까 싶습니다. 물론 대중가요가 우리말을 사용하는 것은 당연한 것이지요. 하지만 숨어 있는 우리말을 살리려는 노력까지 엿보이는 대중가요는 정말 드뭅니다. 더욱이 요즘 대중가요의 노랫말은 영어가 태반입니다. 가요 제작자들은 영어를 섞지 않으면 노랫말이 되지 않는다고 생각하는 모양입니다. 그런 점에서 이 노래는 더욱 소중하게 느껴집니다.

우리말로 노래하니 동영상처럼 생생하네

노래 속의 '나'는 임을 만나러 지금 달려갑니다. 하늘이 매섭고 눈이 내린 추운 겨울인데도 얼마나 보고 싶은 임인지 신도 벗고 버선도 벗은 맨발로 달려갑니다. 그 뒤에 이어지는 노랫말 '곰비임비'는 '물건이 거듭 쌓이거나 일이 계속 일어남을 나타내는 말'입니다. 원래 옛말에 '곰비'는 '뒤'를 뜻하고, '임비'는 '앞'을 뜻하는 말이었는데요.

'곰비임비'로 합쳐져서 앞뒤가 잇닿아 있게 되었으니 계속 일어난다는 의미로 발전하게 된 듯합니다.

'천방지방天方地方'은 한자로 이루어진 말인데 '너무 급하여 허둥지둥 함부로 날뛰는 모양'이고요. '허위허위'는 '손발 따위를 이리저리 내두르는 모양' 혹은 '힘에 겨워 힘들어하는 모양'입니다. '곰비임비'와 '천방지방', 그리고 '허위허위'라는 말의 의미를 모두 연결해보면, 사랑하는 임을 만나기 위해, 힘겹지만 손발을 이리저리 계속해서 내두르며 허둥지둥 급한 마음으로 달려가는 '나'의 모습이 떠오르게 됩니다. 임을 만나기 위해 간절한 마음으로 달려가는 사람의 모습을, 단 세 개의 우리말로 동영상을 보여주듯 역동적으로 표현하였습니다. 곰비임비를 임비곰비로, 천방지방을 지방천방으로 변형시켜 재미있는 리듬을 만들어내는 음악적 재치도 돋보입니다.

마지막 후렴구에서 버선 벗은 발로 뛰어 올라가도 아픈 줄은 모르겠는데 다만 임을 그리워하는 가슴은 '산득산득'합니다. '산득산득'은 '갑자기 놀라서 마음에 사늘한 느낌이 자꾸 드는 모양'입니다. 그렇다면 노래 속의 '나'는 드디어 임을 만나게 되어 산득산득한 것일까요, 아니면 그토록 힘들게 올라왔는데 뜻밖에도 임이 없어서 산득산득한 것일까요? 노랫말은 이렇게 알 듯 말 듯 하게 끝나며 여운을 남깁니다.

가수 김종국과 SG워너비가 2006년에 함께 부른 노래 〈바람만바람만〉
에는 아래와 같은 노랫말이 나옵니다.

그대만 그대만 바람만바람만 나 이렇게 달빛처럼 따라만 다닙니다
이별로 끝날 사랑보다 그리움이 더 낫겠어요
참 바보 같은 난 바람만바람만 보일 듯 말 듯이 마음도 숨깁니다
뒷모습 하나만이라도 맘껏 볼 수 있게

바람風과 아무런 상관이 없는 이 노래는 우리말 제목의 낱말 뜻을 몰라 많은 사람들이
'only wind only wind'로 착각했던 바로 그 노래입니다.
이 노래에 쓰인 '바람만바람만'은 '바라보일 만한 정도로 뒤에 멀리 떨어져 따라가는
모양'을 뜻하는 순우리말입니다. 함께 걸어가지는 못하고 뒤에서 말없이 사랑하는 사람
이 바라보일 정도로만 떨어져서 그 사람을 따라가고 있는, 애틋한 사랑을 담은 노래입
니다. 사랑하는 마음을 숨긴 채 뒷모습만을 바라보며 달빛처럼 그 사람을 따라갑니다.
'바람만바람만'이라는 우리말이 있어 애틋함이 더해지는 것 같습니다.

'남자의 자격' 합창단에게
권하는 말

누구나 한 번쯤 합창을 해보았을 겁니다. 여러 사람이 함께 모여 부르는 단순한 합창을 뛰어넘어 합창단에서 제대로 된 합창을 하는 경험도 꽤 많은 사람들이 하게 됩니다. 교내 합창대회에 참가한다든지, 교회 성가대에 선다든지, 대학교 축제나 오리엔테이션에서 합창을 하는 경우가 바로 그것입니다. 그런데 이 합창이라는 것은 그냥 노래방에서 마이크 잡고 혼자 노래 부르는 것과는 차원이 다릅니다. 제대로 된 합창을 하기 위해서는 부단한 연습과 훈련이 필요합니다. 그래서 웬만한 끈기와 관심을 가진 사람이 아니라면 합창단 근처에도 가지 않지요.

이런 합창에 대한 거리감을 줄인 것이 바로 예능 프로그램 〈남자의 자격〉 합창단이 아닐까 생각해봅니다. 이 프로그램을 보면, 박칼린 선생님의 일사분란한 지도 덕분에 청맹과니(사리에 밝지 못하여 눈을 뜨고도 사물을 제대로 분간하지 못하는 사람을 비유적으로 이르는 말)였던 사람들이 합창에 눈을 뜨고 마침내 합창 대회에까지 나가게 됩니다. 이 모든 과정을 생생하게 보여주어 누구나 합창에 관심을 가지고, 합창의 매력을 발견할 수 있도록 도와준 프로그램입니다.

● 외래어는 합창의 자격?

이 합창단에서 합창단원을 뽑은 다음에, 곧바로 정한 것이 바로 소리의 역할 분담입니다. 합창단원은 남자의 경우 '테너-바리톤-베이스'로, 여자는 '소프라노-메조소프라노-알토'로 나눕니다. 누구든지 이 여섯 영역 중에 하나를 맡게 됩니다. 사람마다 타고난 목청이 다르기 때문이죠. 목청의 색깔도 다르고, 높낮이도 모두 다릅니다. 어떤 사람은 높은 음까지 소리를 낼 줄 알고, 어떤 사람은 낮은 음을 잘 내는 사람도 있지요. 그래서 합창을 할 때는 자신의 목청에 걸맞은 영역을 맡아서 부르게 됩니다.

그런데 이런 영역 이름이 붙은 것은 성악을 다분히 서양적인 것으로만 여기기에 나타난 현상이라고 생각합니다. 성악은 서양 음악만을 가리키지 않습니다. 사람의 음성으로 하는 모든 음악, 즉 창가, 민요, 가곡 등이 모두 성악에 속하는 것이지요. 국악을 부르는데 '소프

라노, 메조소프라노, 알토'라는 이름의 역할이 과연 어울리나요? 성
악의 파트part를 일컫는 아름다운 우리말이 있으니 이를 활용해보면
어떨까요?

조수미는 높은청, 파바로티는 위청

메조소프라노mezzo-soprano에 해당하는 우리말로는 '버금막청'이라
는 말이 있습니다. 필자가 만들어낸 말이 아니라 표준국어대사전에
어엿하게 등재된 표제어입니다. 그렇다면 소프라노soprano에 해당하
는 우리말은 무엇일까요? 메조소프라노가 '버금막청'이니까 당연히
'막청'이겠다 싶으시겠지만, 뜻밖에 '높은청'입니다. 그리고 마지막
하나 남은 영역, 알토alto는 '버금청'이라고 합니다.

메조소프라노가 버금막청인데 왜 소프라노는 '막청'이 아니라 '높
은청'이라고 할까요? 장승욱의 《한겨레말모이》를 보면 '막청'이 '소프
라노'의 우리말이라고 하는데 안타깝게도 표준국어대사전에는 '막청'
이 표제어로 올라와 있지 않습니다.

우리말 체계는 일반적으로 말하기 쉽고, 이해하기 쉬운 구조로 이
루어져 있습니다. 왜냐하면 우리말은 일부 식자들이 인위적으로 만
들어낸 특별한 것이 아니라, 평범한 사람들의 언어 인식이 만들어낸,
지극히 평범한 말 체계이기 때문입니다. 따라서 소프라노를 '높은청'

이라고 하는데, 이를 아예 외면하고 메조소프라노를 '버금막청'이라고 불렀을 리가 없습니다. '막청'이 있기에 그 다음 가는 소리를 '버금막청'이라고 부를 수 있었을 겁니다. '버금막청'을 기준으로 한다면, '소프라노'는 분명히 '막청'이라고 불릴 수 있습니다. '막청'은 비록 표준국어대사전에는 누락되었지만 소프라노를 대체할 만한 자격이 충분한 우리말이라고 생각합니다.

남성의 소리 영역을 가리키는 우리말도 당연히 있습니다. 가장 높은 음역인 테너tenor는 우리말로 '위청'이라고 합니다. 그리고 남성의 테너와 베이스 사이의 음역에 해당하는 바리톤baritone은 '위낮은청'이라고 합니다. 마지막으로 남성의 가장 낮은 음역인 베이스bass는 '아래청'이라고 합니다.

세계의 3대 위청이 있지요? 루치아노 파바로티, 플라시도 도밍고, 호세 카레라스, 이 세 사람을 말합니다.

그렇다면 이 낱말들에 붙어 있는 '청'은 과연 무슨 말일까요? 사전적 의미로는 '어떤 물건에서 얇은 막으로 된 부분'을 뜻합니다. 우리말에서는 '목청이 좋다', '귀청이 따갑다'와 같이, 목에 붙어 있는 성대, 귀에 있는 고막 등을 일컫는 말로 사용되고 있습니다. '청'이 들어가는 관용구도 있습니다. '청 놓아 운다'라고 하면 '목(을) 놓아 운다'는 말과 같은 뜻입니다.

신소리를 잘해야
'국민 엠시'지!

 유재석과 강호동은 '신소리'의 달인

요즘 텔레비전에서 예능 프로그램이 대세입니다. 사람들에게 재미와 웃음을 주는 이런 예능 프로그램의 꽃은 사회자입니다. '사회자'는 '모임이나 예식에서 진행을 맡아보는 사람'을 말합니다. 그래서 '진행자'라고도 하지요. 사회자는 그 프로그램의 인기를 좌우한다고 할 만큼 중요한 역할을 합니다.

"유능한 사회자는 말을 할 때 순발력이 좋다."

이 문장에 쓰인 '순발력瞬發力'은 원래 체육학에서 쓰이는 전문 용어입니다. '근육이 순간적으로 빨리 수축하면서 나는 힘'을 말하지요. 즉 순발력이 좋은 사람은 인체에 축적된 에너지를 모아서 이를 순간적으로 운동에너지로 바꾸는 데 탁월한 재능을 가지고 있습니다. 그래서 이들은 단거리 달리기, 멀리뛰기, 높이뛰기 등의 운동을 잘하게 됩니다.

앞서 예로 든 문장에서 사회자가 순발력이 좋다는 것이 이런 운동을 잘한다는 의미가 아닌 것은 모두 아시죠? 상황에 대처하는 말을 순간적으로 잘 생각해내는 것이, 순간적으로 힘을 모아 운동에너지로 바꾸는 인체 능력과 유사하여 언중이 빌려 쓰기 시작한 말입니다. 이제는 '순발력'이 원래 가졌던 의미로부터 '순간적으로 판단하여 말하거나 행동하는 능력'이라는 의미로까지 확대되어 언중 사이에서 지속적으로 사용되고 있습니다. 그래서 이런 의미의 변화를 표준국어대사전이 최근에 반영하여 표제어 풀이에 활용하고 있습니다.

그런데 예부터 전해오는 우리말 중에도 사회자의 말솜씨를 표현할 좋은 말이 있습니다. 언중들이 이 말을 잘 알았더라면 굳이 전문 분야에서 쓰이는 용어를 빌려오지 않아도 되었을 텐데요. 바로 '신소리'입니다.

"신소리에 물렸는지 실컷 웃고 떠들던 아낙네들도 이젠 얌전해졌다."
(윤흥길, 〈묵시의 바다〉)

위 문장에서 신소리는 어떤 의미를 가진 말로 느껴지나요? 신소리에 웃고 떠들었다는 말이 힌트가 되겠지요? 사전을 찾아보면 '신소리'는 '상대편의 말을 슬쩍 받아 엉뚱한 말로 재치 있게 넘기는 말'이라고 정의됩니다. 요즘 예능 프로그램에서 요구되는 진행자의 능력은 바로 이 사전적 정의 그대로 상대편의 말을 받아 재치 있게 넘기는 것입니다. 방송에서는 이를 '리액션'이 좋다고 말합니다만, 그것이 바로 우리말로 표현하면 신소리를 잘하는 것이지요. 예능 프로그램, 특히 '리얼 버라이어티'라고 부르는 몇몇 프로그램들은 강호동과 유재석 등 '신소리'의 달인들이 만들어가고 있습니다.

'흰소리', '헌소리'만 하다간 왕따 된다

그런데 말조심해야 합니다. '신소리'의 달인은 모두가 좋아하지만, 말소리가 거의 비슷한 '흰소리'를 하는 사람은 웬만하면 다들 싫어하기 때문이지요. 신소리는 사람을 즐겁게 하지만 흰소리는 사람을 짜증 나게 하거든요. '흰소리'는 '터무니없이 자랑으로 떠벌리거나 거드럭거리며 허풍을 떠는 말'을 뜻합니다. 다른 사람들 앞에서 지나치게 자랑을 해대는 것도 흰소리일 수 있고, 거만스럽게 잘난 체하는 말도 흰소리가 됩니다. 이런 흰소리는 한 번쯤 들어봐서 아시겠지만 정말 듣기가 싫습니다. "흰소리 집어치워!"라고 외칠 만합니다.

거짓말도 '하얀' 거짓말은 때로 나쁘지 않은 것이라는데, 왜 하얀 소리라는 뜻의 '흰'소리는 나쁜 뜻을 지닌 말이 되었을까요? '희다'는 것은 하얗다는 의미도 있지만 '희떱다'는 뜻도 있습니다. 흰소리에 쓰인 '흰'이 바로 이러한 '희다'에서 온 것이기 때문에 그렇습니다. '희떱다'는 것은 무엇인가요? 바로 '말이나 행동이 분에 넘치며 버릇이 없다'는 뜻입니다. '흰소리'는 바로 '희떠운' 소리입니다. 그러니까 짜증이 나는 게지요.

보너스로 딱 하나만 더! '헌소리'도 있습니다. '헌소리'는 오래되고 낡은 소리라는 뜻이 아닙니다. "허구한 날 헌소리만 되풀이하면 아무도 너의 말을 들으려 하지 않을 것이다"와 같이 쓰는데요. '헌소리'는 바로 '조리에 맞지 아니하는 말'이라는 뜻입니다.

그러니까 헌소리와 흰소리는 삼가고, 신소리는 상황에 맞게 적당히 하는 게 좋겠죠?

우리말 부스러기

우리말에는 별별 재미있는 소리가 다 있는데요. 그중에서도 '고양이 소리'와 '고추 먹은 소리'라는 재미난 관용구가 있습니다. '고양이 소리'는 '겉으로 발라맞추는 말'로 우리가 흔히 '아부한다'고 하는 말입니다. '고추 먹은 소리'는 '못마땅하게 여겨 씁쓸해하는 말'을 뜻합니다. 상대방 듣기 좋으라고 아무리 고양이 소리를 해도 상대방이 고추 먹은 소리를 해대면 정말 속상하지요?

'대박'의
우리말 습격 사건

 청소년들이 잘못 쓰는 '대박'

민성: 그 영화 대박 났다며?

호진: 영화가 크게 흥행해서 돈 좀 벌었겠는데.

민성: 그 녀석 영화 말고도 하는 일마다 대박 나서, 결국 부자가 되었지.

'대박'이라는 말은, 옛이야기 속 흥부가 보물이 든 큼지막한 박을 타서 부자가 된 장면이 연상될 만큼 기분 좋은 말입니다. 국어사전에서는 '대박'을 '어떤 일이 크게 이루어짐을 비유적으로 이르는 말'이라고 풀이하고 있습니다. 그러나 이 말이 표준국어대사전에 오른 지는 고작 몇 년밖에 되지 않았습니다. 원래는 도박판에서 쓰던 말이었고, 연예계나 경제계에서 '대박을 터뜨리다, 대박이 터지다'와 같은 표현이 '큰 성공을 거두다', '히트하다' 등의 뜻으로 쓰이기 시작해서 이내 그쪽 세계의 은어처럼 쓰였던 말입니다. 그러던 것이, 매스컴의 영향을 타고 많은 사람들의 입에 오르내리면서 최근에 표준어의 지위까지 얻게 되었지요.

이렇게 쓰인 '대박'은 바로 '성공'과 '히트' 등의 뜻으로 쓰인 말이고, 현재 국어사전의 풀이와도 크게 동떨어져 있지 않습니다. 반면에 다음과 같이 쓰인 '대박'은 위의 것과는 다소의 차이가 있습니다.

(어느 텔레비전 프로그램 중에서)

호동: 보고도 믿을 수 없는 현실입니다.

지선: 아니, 어떻게 사람이 저런 묘기가 가능할까요?

이특: 시청자 여러분, 정말 대박입니다.

위의 예는 바로 요즘 청소년 사이에서 습관적으로 쓰이는 '대박'의 쓰임새입니다. 이특이 '정말 대박입니다'라고 말한 것은 '성공했다'거나 '히트했다'는 의미가 아닙니다. 그렇다고 국어사전의 풀이처럼 '크게 이루어졌다'고 볼 수 있는 상황도 아닙니다.

요즘 청소년들의 말 쓰임새를 보면 '대박'을 '보기 드문 광경', 혹은 '매우 신기하거나 뜻밖의 놀라운 모습' 등을 일컫는 말로 전용하고 있습니다. 보고도 믿을 수 없는 묘기를 보았다면 그냥 '굉장합니다'

라고 말해도 될 것을 '대박입니다'라고 표현하는 것이지요.

로또를 매일 사면 언젠가는 새수날까?

분명 의미의 차이가 있는 상황을, 한정된 말로 통속적으로 일컫기보다는 신선한 우리말로 미묘한 말맛을 살려보는 것은 어떨까요? 앞서 쓰인 '하는 일마다 대박 나서 부자가 되었'다는 말을 보면, 여기에 쓰인 '대박'은 필연적인 결과를 염두에 두고 쓴 말이 아닙니다. 즉 열심히 일해서 부자가 된 것보다는 우연적인 요소에 의해 운 좋게 성공을 거두었다는 의미가 강합니다.

따라서 이때 쓰인 '하는 일마다 대박 나서 부자가 되었'다는 말을, 우리말을 활용하여 '새수나서 부자가 되었'다'고 바꾸어 표현하면 어떨까 합니다. '새수나다'는 '갑자기 좋은 수가 생기다' 혹은 '뜻밖에 재물이 생기다'라는 뜻을 가진 우리말이거든요. 또 '수지맞다'도 써봄직합니다. 이 말은 '장사나 사업 따위에서 이익이 남다', 또는 '뜻하지 않게 좋은 일이 생기다'라는 뜻입니다.

"그는 하는 일마다 새수나서 부자가 되었다."
"그에게는 수지맞는 일이 자주 일어나 부자가 되었다."

무분별한 '대박' 대신 '위없다'고 해보자

한편 '대박'의 쓰임새가 청소년 사이에서 한 번 더 확장·변형되어 다음과 같이 쓰이기도 합니다.

> (저녁 식탁에서)
>
> 은정: 엄마, 이 계란부침 대박이야.
>
> 엄마: 뭐라고? 대박?
>
> 은정: 맛있다는 뜻이야.
>
> 엄마: 맛있다는 것을 요즘 애들은 '대박'이라고 하니?

위의 상황에서 엄마가 당황하는 것은, '대박'이라는 낱말의 쓰임이 낯설기 때문입니다. 엄마가 해준 계란부침을 '대박'이라는 말로 표현하는 것은 요즘 청소년이기에 가능합니다. 은정이는 '대박'을 맛있다는 뜻으로 사용하고 있지만 '대박'이 늘 맛있다는 의미로 쓰이는 것은 아닙니다.

> 은미: 어제 산 옷 입어보니까 예쁘디?
>
> 미영: 그럼, 그 옷 완전 대박이야.

위 대화에서 '대박'은 문맥에 의하면 '예쁘다'는 뜻이 됩니다. 이렇듯 대박은 그때그때 상황과 맥락에 따라 다른 의미로 해석되어 기성 세대에게는 낯설다 못해 혼란을 주는 말이 될 수밖에 없습니다. 이때는 우리말 '위없다'를 활용하면 품위 있는 표현이 될 수 있습니다. '위없다'는 '그 위를 넘는 것이 없을 정도로 가장 높고 좋다'는 뜻의 우리말입니다.

"엄마가 해준 계란부침의 맛은 위없어."
"어제 산 옷이 위없이 예쁘다."

이렇듯 지금까지 제시한 몇 개의 우리말만 새로 사용한다면, 요즘 무분별하게 남발되는 '대박'의 우리말 습격을 조금이라도 막아볼 수 있지 않을까 생각합니다.

궂긴 날에는
'헤살꾼'을 조심하세요

〈한겨레신문〉에 없는 한 가지?

사람마다 자신의 기호에 따라 신문을 펴보는 순서가 따로 있다고 하지요? 가령 어르신들은 주로 정치·사회면을 먼저 살피는 경향이 있고, 젊은 사람들은 흥미 위주의 기사가 실린 스포츠·연예면을 먼저 펼쳐보는 경향이 있지요.

비단 연령별로만 차이가 나는 것은 아닙니다. 남자와 여자는 기본적으로 관심사가 다르니 성별에 따라서도 약간의 차이가 날 테고, 그날그날의 관심사에 따라 개인마다 눈길이 먼저 가는 신문의 면이 다를 수밖에 없습니다. 주식에 투자하는 사람이라면 경제면을 한시라도 더 빨리 펴보고 싶을 것이고, 로또 복권을 구입한 사람은 당첨번

호를 먼저 찾을 것이며, 구직자라면 시험이나 채용 정보에 더 관심이 가게 마련입니다.

요즘은 이러한 독자의 다양한 관심과 흥미를 반영하여 아예 '섹션 section'을 나누어 별지別紙로 신문을 제작하는 것이 일반화되었지요. 부동산, 교육, 책, 문화, 자동차, 재테크, 여행 등등 별별 섹션이 다 있습니다. 이러한 신문의 변화는 독자들의 세분화된 관심을 따라잡고, 다른 매체에 독자를 빼앗기지 않으려는 신문사의 눈물겨운 노력이 아닐까 생각해봅니다.

그런데 혹시 신문을 읽는 중에 '부고'를 눈여겨본 적이 있으신지요. 신문 작은 모퉁이에 늘 그렇게 있는 듯 없는 듯 한자리 차지하고 있는 것이 바로 부고입니다. '부고訃告'는 '사람의 죽음을 알림, 또는 그런 글'이라는 뜻을 지녔습니다. 결혼 따위의 좋은 일에 남을 초청하는 글을 적은 '청첩란'은 없어도 부고란은 어느 신문이나 꼭 있기 마련이죠. 경사보다는 슬프고 궂은 일을 먼저 챙기는 우리의 소중한 전통이라고 해야 할까요?

그런데 딱 하나, 우리나라 주요 일간지 중에 이 부고란이 존재하지 않는 신문이 있습니다. 바로 〈한겨레신문〉입니다. 〈한겨레신문〉을 1면부터 36면까지, 그리고 별지 섹션까지 다 뒤져봐도 부고란은 찾을 수가 없습니다. 왜 유독 이 신문에만 부고란이 없을까요?

'부고'보다 '궂긴 소식'이 더 와 닿는 이유

이쯤에서 '궂기다'라는 말을 소개해야겠네요. '궂기다'는 '윗사람이 죽다'를 완곡하게 표현하는 우리말입니다. 〈한겨레신문〉은 이 '궂기다'를 부고란에 활용하고 있습니다. 다시 말해 〈한겨레신문〉에는 한자어 '부고' 대신에 우리말을 활용한 '궂긴 소식'이라는 난이 있습니다. 윗사람이 죽은 소식을 알리는 곳이라는 뜻이죠. '부고'란에 실린 사람들은 왠지 권위적이고 나와 동떨어진 사람들이라는 느낌이 드는 데 비해, '궂긴 소식'에 실린 사람들은 상대적으로 서민적이고 나의 이웃일지도 모른다는 느낌을 줍니다. 이것이 바로 말의 힘이 아닐까 생각해봅니다. 생각이 말을 만들어내는 것 같지만, 사실은 말이 사람의 생각을 만들기도 하는 것이지요.

'궂기다'는 '윗사람이 죽다'라는 뜻 이외에 '일에 헤살이 들거나 장애가 생기어 잘되지 않다'라는 뜻도 있습니다. 다음과 같이 씁니다.

"아침에 넘어지고, 조금 전에는 지갑을 잃어버렸다. 오늘은 궂긴 날인가 봐."

'궂기다'의 풀이에 쓰인 '헤살'은 '일을 짓궂게 훼방함, 또는 그런 짓'을 일컫는데요. 우리가 흔히 쓰는 '방해妨害'와 의미가 비슷합니다. 일반적으로 '헤살을 놓다, 헤살을 부리다, 헤살을 치다'와 같은 형태로 많이 씁니다. 그리고 '헤살'을 잘 놓고, 잘 부리는 사람을 '헤살꾼'이라고 합니다. '방해꾼, 훼방꾼'이라는 말을 많이 쓰는데 이는 모두 한자어가 섞인 말이고, '헤살꾼'이라고 해야 순우리말이 됩니다.

스포일러는 '영화헤살꾼', 해커는 '전산헤살꾼'

이 '헤살꾼'이라는 말을 잘 활용하면 기억하기 쉽고 효율적인 우리말을 많이 만들어 쓸 수 있습니다.

새로 개봉하는 영화의 주요 내용이나 앞으로 전개될 이야기를 미리 사람들에게 밝혀버리는 사람을 일컫는 말, '스포일러spoiler' 아시죠? 영화는 앞으로 벌어질 상황을 모르는 긴장감 속에서 흥미가 생기는 것인데 이런 스포일러 때문에 영화 감상에 큰 방해를 받게 되죠. 이런 사람들은 '영화헤살꾼'이라고 부를 수 있습니다. 이 말은 국립국어연구원에서 '스포일러'의 순화 용어로 제시하기도 했습니다. 아직 국어사전에도 실리지 않는 '스포일러' 대신에 '영화헤살꾼'이라는 우리말을 써보면 어떨까요?

'통신망 따위를 통해서 다른 사람의 컴퓨터에 무단 침입하여 데이터와 프로그램을 없애거나 망치는 사람'을 무엇이라고 하나요? 바로 '해커hacker'입니다. 해커를 대신해 어떤 우리말을 쓸 수 있을까요? 앞서 말한 '헤살꾼'을 이용하면 '컴퓨터헤살꾼'이라는 쉬운 해결책이 보입니다. '컴퓨터'에 대응하는 한자어를 활용하여, '전산電算헤살꾼'이라는 말도 써봄직합니다.

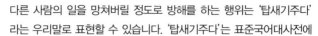

다른 사람의 일을 망쳐버릴 정도로 방해를 하는 행위는 '탑새기주다'라는 우리말로 표현할 수 있습니다. '탑새기주다'는 표준국어대사전에 '남의 일을 방해하여 망치다'로 풀이되어 있습니다. "무슨 감정이 있다고 남이 하는 일을 탑새기주고 그러니?"처럼 쓸 수 있습니다. 참고로 '탑새기'는 원래 가벼운 먼지를 뜻하는 충청북도 사투리인데 이것이 '주다'라는 말과 합쳐져 표준어의 지위를 얻은 것으로 보입니다.

앙드레김이
이 말들을 알았더라면

 그의 옷은 아름답지만 그의 말은···

2009년에 우리말 관련 단체에서 우리나라 유수의 기업인 케이티KT를 '우리말헤살꾼'으로 선정한 적이 있습니다. 원래는 한국통신공사였던 회사 이름을 'KT'로 바꾸었고, 광화문 광장에 'Art Hall'이란 영문 간판을 달았으며, 당신을 위한 최고의 감탄사라며 'olleh KT!' 구호를 외치면서 'QOOK & SHOW'라는 말을 만들어 선전하고 있다는 이유였습니다. 이 단체는 제 나라 말과 글을 더럽히는 기업에 한글을 사랑하는 많은 국민이 분노하고 있다는 촌평과 함께 '케이티'를 2009년 '우리말헤살꾼'으로 선정하였더랍니다.

얼마 전 세상을 떠난 국민 디자이너 앙드레김도 살아생전에 이와 비슷한 전력이 있습니다. 앙드레김은 대한민국 최초의 남성 패션디자이너로서 일부 계층의 전유물이었던 '패션'을 대중화시킨 인물로 평가받습니다. 또 흰옷을 즐겨 입었고, 우리의 패션을 세계화하는 데 일조한 것으로도 익히 알려져 있지요. 그런데 앙드레김 하면 뭐니 뭐니 해도 수많은 개그맨들이 그를 패러디하여 개그의 소재로 삼았을 만큼 특이한 말투를 구사했던 것으로 더 유명합니다.

그는 자신이 디자인한 옷에 대해서, 그리고 그 옷을 입고 나선 패션모델에 대해 평가할 때, "판타스틱해요", "엘레강스하고……", "엄…… 뷰티풀!" 등과 같이 특유의 영어 발음을 연발하는 버릇이 있었습니다. '환상적이에요, 우아해요, 아름다워요'라고 말하지 않고 굳이 영어로 표현하려고 했던 것은 비단 그가 외국 유학파였기 때문이었을까요?

앙드레김은 이와 같이 영어를 남발했다는 이유로 시민단체 〈한글문화연대〉로부터 2006년 '우리말해침꾼'으로 선정되는 굴욕을 당합니다. 그래서 그는 실제로 잠시 영어 사용을 자제하기도 했다는 후문입니다. 만약 그가 생전에 아름다운 우리말을 사용하여 그가 만든 다양한 옷의 맵시를 뽐냈다면 이런 일은 일어나지 않았겠죠.

신토불이라는 말이 있습니다. 우리 몸에는 우리 먹을거리가 좋다는 뜻이지요. 그렇다면 우리 입을 거리에는 우리말이 제격이지 않을까요?

빛있는 옷과 음전한 모델이 환상적이에요

앙드레김의 "뷰티풀"은 우리말 '빛있다'로 바꾸어 표현할 수 있습니다. '빛있다'는 말은 '곱거나 아름답다'는 뜻을 지닌 우리말입니다. "오늘 패션쇼에서 입었던 옷은 눈이 부실 만큼 빛있었다"와 같이 쓸 수 있는 말이지요. 그런데 이 말은 '빛+있다'와 같은 단순한 의미 구조로 이루어진 말은 아닌 듯합니다. 즉 단순히 '빛이 있다'에서 곱거나 아름답다는 의미가 나온 것 같지 않다는 말입니다.

'빛있다'라는 말에 기대어 단순하게 가정해보면 '빛없다'는 말은 '밉거나 보기 흉한'이라는 상대적 의미를 가져야 할 것만 같습니다. 그러나 실제로 국어사전을 찾아보면 '빛없다'는 '생색이나 면목이 없다' 혹은 '보람이 없다' 정도의 뜻을 가진 말로 확인됩니다. '빛있다' 와 '빛없다'는 겉으로 상보적으로 밀접한 관계인 것처럼 보이지만, 사실은 관계가 전혀 없거나 느슨한 관계인 것이지요. 따라서 옷이 별로 곱지도 않고, 아름답지 않다고 해서 단순히 '빛없다'고 평가할 수는 없는 것입니다. 이런 사실로 미루어볼 때 '빛'과 '있다'는 서로 단순하게 물리적으로 합쳐진 것이 아니라, 화학적 작용을 통해 색다른 의미가 녹아들었다는 것을 짐작할 수 있습니다.

또한 앙드레김이 자주 말했던 "엘레강스"는 '음전하다'로 표현했으면 제격이었을 것이라는 생각이 듭니다. '음전하다'는 '말이나 행동이 곱고 우아하다, 또는 얌전하고 점잖다'는 뜻으로, 앙드레김이 즐겨 썼던 '엘레강스'에 딱 들어맞는 우리말입니다. 모델이나 옷 어디에 가져다 써도 좋은 의미를 가졌습니다. 음전한 모델, 음전한 옷. 모두 '엘레강스'를 대체하기에 부족함이 없는 아름다운 우리말입니다.

옷에 대해서 말한 김에 고쳐 썼으면 하는 시쳇말 하나만 지적할까 합니다. 잘 차려입은 옷매무새에 대해서, 요즘 청소년들이 낯선 말을 쓰는 것을 종종 목격하게 됩니다.

"너 오늘 입은 옷 간지난다."

일본어(かんじ, 칸지)에서 유래한 '간지난다'는 말을 청소년들이 또래 사이에서 아무렇지 않게 사용하고 있는데, 이 말을 대체하기에 적절한 말이 우리말에 있습니다. 바로 '산드러지다'인데요. '태도가 맵시 있고 말쑥하다'는 뜻입니다. "오늘 네가 입은 옷 매우 멋있어. 산드러진다"와 같이 아름답게 쓸 수 있습니다.

'매무새'라는 말도 살려 쓸 만한 우리말입니다. 매무새는 '옷, 머리 따위를 수습하여 입거나 손질한 모양새'를 말합니다. 이 말은 '옷매무새'라고도 합니다. 그런데 이 말은 '매무시'라는 말과 잘 구별해서 써야 합니다. 매무시는 '옷을 입을 때 매고 여미는 따위의 뒷단속'을 뜻합니다. 매무시는 '매무시하다'와 같이 동사로도 쓰입니다. 둘을 구별해서 말한다면 '매무새'가 좋은지 나쁜지를 최종 점검하는 것이 '매무시'라고 할 수 있습니다.

잘 차려입은 친구를 만났을 때 인사치레로 "너 오늘 스타일이 괜찮네"라고 말해주곤 하지요. 이때 '스타일style'을 '매무새'로 바꾸어 "너 오늘 매무새가 괜찮네"라고 말해보세요. 옷차림만큼이나 '말'도 산드러지지 않나요?

쉽고 아름다운
우리말 일기예보가 듣고 싶다

 무미건조한 일기예보는 가라

요즘은 텔레비전이나 라디오 등을 통해 하루에도 몇 번씩 일기예보를 들을 수 있습니다. 심지어 이제는 스마트폰을 통해 실시간으로 날씨를 점검하기도 하고, 자기가 사는 동네의 날씨만을 별도로 제공하는 인터넷 사이트도 생겨났습니다. 그만큼 현대인들에게 날씨가 일상생활의 중요한 변수가 되고 있다는 방증이겠죠. 다음은 비가 잦은 어느 장마철의 일기예보입니다.

남부지방의 빗줄기는 대체로 잦아들었습니다. 일단 구름 영상에서 보시면 우리나라 부근으로는 비구름이 많이 약해진 모습입니다. 일부

지방으로만 조금씩 빗방울이 떨어지고 있는데요. 내일 아침이면 중부 지방을 중심으로 빗방울이 굵어질 것으로 예상됩니다.

내일의 자세한 지역별 날씨입니다. 중부지방 비가 옵니다. 남부지방도 가끔 비가 내리겠고 기온분포는 오늘보다 다소 높겠습니다. 울릉도, 독도에도 30에서 60밀리가량의 비가 오겠고 안개가 끼겠습니다.

다가오는 금요일쯤 전국이 다시 한 번 다소 많은 비가 내릴 것으로 전망됩니다. 또 다음 주 초반이면 전국적으로 잠시 소강상태에 들겠습니다. 날씨였습니다.

비가 내리는 날에는 기상 캐스터의 멘트 중에서 '비, 빗방울, 밀리㎜'라는 세 단어를 빼버리면 비가 내린다는 예보를 할 수 없을 만큼 비 내리는 날의 일기예보는 단조롭고 무미건조합니다. 비가 내릴 때는 비가 많이 온다, 적게 온다, 빗방울이 떨어진다, 혹은 몇 밀리가 내린다, 이 정도의 표현 말고는 딱히 쓸 말이 없다는 얘기입니다. 이런 일기예보에 우리말을 활용해보면 어떨까요? 아름다운 우리말을 사용하면 매우 아름답고 감성적인 일기예보를 만들 수 있습니다.

먼지잼은 먼지로 만든 잼?

우리 민족은 예부터 농경 사회였기 때문에 기상 현상에 대해 큰 관심을 가지면서 지냈습니다. 따라서 그 관심에 걸맞도록 하늘에서 내리는 '비'에 대해서도 우리말은 수많은 낱말 꾸러미를 갖추고 있습니다. 이것은 마치 추운 지방에 사는 에스키모인들이 눈*에 관한 수많은 낱말을 부려 쓰는 것과 같은 이치입니다. 기상 캐스터가 아니더라도 일반인이 일상의 대화에서 활용하여도 손색이 없는 말들이 꽤 있습니다. 자, 비가 올 때 다음과 같은 말을 가끔씩 입에 올려보시는 것은 어떨까요?

'먼지잼'이라는 낱말이 있습니다. 낱말의 구조상 먼지로 만든 잼이라는 착각을 할 수도 있겠으나 설마 그럴 리가 있겠습니까? 먼지로 잼을 만든다 한들 누가 먹겠습니까? 이 말은 '비가 겨우 먼지나 날리지 않을 정도로 조금 오는 것'을 뜻하는 우리말입니다. 한동안 비가 오지 않아서 푸석푸석한 땅에 먼지를 재우는 비라는 뜻으로 '먼지잼'이라 부르는 듯합니다. 일기예보에서 말하는 5밀리도 채 안 되는 적은 비가 내린다면, '먼지잼'이라는 말을 활용해보면 좋겠습니다. 먼지잼은 신경이 무딘 사람은 비가 왔는지 인식조차 못할 만큼 극소량의 비가 내린 경우에 쓸 수 있겠습니다. 기상 캐스터가 다음과 같이 말하더라도 의아해하지 마세요. 이제는 '5밀리 이하'가 아니라 이렇게 말할 수도 있으니까요.

"오늘 내릴 비는 먼지잼에 지나지 않습니다. 따로 우산 준비하실 필요는 없겠습니다."

'는개' 있는 날엔 부침개가 딱!

먼지잼보다 조금 더 많이 내리는 비는 '는개'라고 말하면 예쁜 표현이 됩니다. '는개'의 사전적 뜻은 '안개보다는 조금 굵고 이슬비보다는 가는 비'입니다. 즉 우리가 익히 아는 이슬비보다 가는 '안개비'라고 생각하면 이해하기 쉽습니다.

는개는 빗방울의 입자가 가늘어서 조금이라도 바람이 불면 아래로 떨어지지 않고 이리저리 휘날리기 때문에 는개가 있는 날에는 비를 피한다고 우산을 쓰는 것은 무의미합니다. 가까운 거리는 는개를 맞고 걸어도 몸이 많이 젖지 않습니다. 는개는 비가 내리는 날의 운치를 제대로 살려주는 풍경이기도 합니다. 비오는 날에는 부침개를 부쳐 먹고 싶어진다는 사람이 많은데요. 부침개를 부쳐 먹기에 좋은 날이 바로 는개가 있는 날인 것 같습니다. 는개야말로 부침개와 잘 어울리지 않나요? 이 두 말이 입에 쩍쩍 달라붙습니다.

우리말 부스러기

"국지성局地性 소나기가 내리겠습니다"라는 예보를 종종 듣게 되는데요. 국지성 소나기는 '일정하게 한정된 지역'에 내리는 소나기를 의미합니다. 낯선 한자어라서 어렵죠? 이 말을 '산돌림'이라는 우리말로 바꿔보면 어떨까요? 산돌림은 '여기저기 옮겨 다니면서 한 줄기씩 내리는 소나기'를 의미하거든요. 또 '내리던 비가 소강상태에 접어들었습니다'라는 예보도 있는데요. '소강小康'이라는 말은 '소란이나 분란, 혼란 따위가 그치고 조금 잠잠함'이라는 의미를 지닌 한자어입니다. 이런 일기예보는 '웃비가 내린 뒤에 햇살이 눈부십니다'라고 표현하면 훨씬 명쾌해집니다. '웃비'는 '아직 우기雨氣는 있으나 좍좍 내리다가 그친 비'를 뜻한답니다.

알면서도 헷갈리는 호칭어와 지칭어

우리말에는 수많은 호칭어와 지칭어가 존재합니다. 그런데 이를 정확하게 알고 대상과 상황에 따라 적절하게 구사할 수 있는 사람이 과연 몇이나 될까요? 그만큼 우리 사회에서 호칭어와 지칭어는 매우 다양해서 전부 배우기도 어렵고, 배운 말도 어떤 것을 골라 써야 하는지 헷갈리는 경우가 많습니다.

그래서 부모님들도 종종 헷갈리는 호칭어와 지칭어를 다음과 같이 정리하였습니다. 특히 결혼을 하게 되면 이전까지 사용하지 않던 낯설고 방대한 호칭어와 지칭어를 새로 배워야만 하지요. 결혼 후 많은 사람들과 새롭게 관계를 맺는 것이 다소 어색하게 느껴질 때, 이 호칭어와 지칭어를 제대로 구사하는 것만으로도 관계를 부드럽게 시작할 수 있을 터입니다.

조금 복잡하더라도 잘 익혀서 사용하시고 아이에게도 정확한 호칭어를 알려주세요. 엄마, 아빠가 정확하게 사용하는 호칭어와 지칭어는 아이들에게 그대로 잠재적인 언어 교육이 됨을 잊지 마시기 바랍니다.

▪ 호칭어는 내가 그 사람을 직접 부르는 말이고, 지칭어는 다른 이에게 그 사람을 가리켜 이르는 말입니다. 예를 들어 내가 남자일 경우, 형의 아내를 부르는 호칭어는 '형수님'이고, 자녀에게 이야기할 때 형의 아내를 가리키는 지칭어는 '큰어머니'가 되

는 것이지요.

▪ 표에서 자녀에게 쓰는 지칭어는 곧 자녀가 그 대상을 부르는 호칭어가 된다고 보시면 됩니다. 즉 내가 남자일 경우, 나의 형님을 자녀에게 이야기할 때 쓰는 지칭어는 '큰 아버지'이며, 자녀가 나의 형님을 부를 때도 '큰아버지'라고 부릅니다.

▪ 당사자에게 사용하는 지칭어는 대부분 호칭어와 같기 때문에, 호칭어와 다른 경우에 만 표기하였습니다.

동기와 그 배우자

| 내가 남자일 경우 |

형과 형의 아내

		형	형의 아내
	호칭어	형, 형님	아주머님, 아주머니, 형수님
지칭어	부모에게	형	아주머니, 형수
	동기, 처가 쪽 사람에게	형, 형님	아주머니(님), 형수(님)
	자녀에게	큰아버지(큰아버님)	큰어머니(님)
	타인에게	형, 형님	형수(님)

남동생과 남동생의 아내

		남동생	남동생의 아내
	호칭어	○○[이름], 아우, 동생	제수씨, 계수씨
지칭어	부모, 동기, 타인에게	○○[이름], 아우, 동생	제수(씨), 계수(씨)
	처가 쪽 사람에게	아우, 동생	제수(씨), 계수(씨)
	자녀에게	삼촌, 작은아버지(작은아버님)	작은어머니(님), 숙모(님)

누나와 누나의 남편

		누나	누나의 남편
	호칭어	누나, 누님	매부, 매형, 자형
지칭어	부모에게	누나	매부, 매형, 자형
	동기 및 처가 쪽 사람, 타인에게	누나, 누님	매부, 매형, 자형
	자녀에게	고모(님)	고모부(님)

여동생과 여동생의 남편

		여동생	여동생의 남편
	호칭어	○○[이름], 동생	매부, ○ 서방
지칭어	부모에게	○○[이름], 동생	매부, ○ 서방
	동기에게	○○[이름], 동생	매부, ○ 서방, 형부
	처가 쪽 사람에게	누이동생	매부
	자녀에게	고모(님)	고모부(님)
	타인에게	누이동생	매부, ○ 서방

오빠와 오빠의 아내

		오빠	오빠의 아내
호칭어		오빠, 오라버니(님)	언니, 새언니
지칭어	부모에게	오빠, 오라버니	언니, 새언니, 올케
	동기에게	오빠, 오라버니(님), 형(님)	언니, 새언니, 올케
	시댁 쪽 사람 및 타인에게	(친정) 오빠, (친정) 오라버니, ○○ 외삼촌	새언니, 올케, ○○ 외숙모
	자녀에게	외삼촌, 외숙부(님)	외숙모(님)

남동생과 남동생의 아내

		남동생	남동생의 아내
호칭어		○○[이름], 동생	올케
지칭어	부모에게	○○[이름], 동생	올케
	동기에게	○○[이름], 동생, 형(님), 오빠	올케, 형수님, (새)언니
	시댁 쪽 사람에게	친정 동생, ○○ 외삼촌	올케, ○○ 외숙모
	자녀에게	외삼촌, 외숙부(님)	외숙모(님)
	타인에게	○○[이름], (친정) 동생, ○○ 외삼촌	올케, ○○ 외숙모

언니와 언니의 남편

		언니	언니의 남편
	호칭어	언니	형부
지칭어	친정 쪽 사람에게	언니	형부, 매부
	시댁 쪽 사람 및 타인에게	언니, ○○ 이모	형부, ○○ 이모부
	자녀에게	이모(님)	이모부(님)

여동생과 여동생의 남편

		여동생	여동생의 남편
	호칭어	○○[이름], 동생	○ 서방(님)
지칭어	부모에게	○○[이름], 동생	○ 서방
	동기에게	○○[이름], 동생, 누나, 언니	○ 서방, 매부, 형부
	시댁 쪽 사람 및 타인에게	친정 여동생, ○○ 이모	동생의 남편, ○○ 이모부
	자녀에게	이모(님)	이모부(님)

남편이나 아내와 연결된 사람들

| 내가 남자일 경우 |

아내의 오빠와 남동생

		아내의 오빠	아내의 남동생
호칭어		형님, 처남[연하]	처남, ○○[이름]
지칭어	당사자에게	형님, 처남[연하]	처남, 자네
	아내에게	형님, 처남[연하]	처남, ○○[이름]
	부모, 동기, 타인에게	처남, ○○ 외삼촌	처남, ○○ 외삼촌
	장인, 장모에게	형님, 처남[연하]	처남, ○○[이름]
	당사자의 손위 동기와 배우자에게	형님, 처남[연하]	처남, ○○[이름]
	당사자의 손아래 동기에게	[그들이 부르는 대로]	[그들이 부르는 대로]
	자녀에게	외삼촌, 외숙부(님)	외삼촌, 외숙부(님)

아내의 언니와 여동생

		아내의 언니	아내의 여동생
호칭어		처형	처제
지칭어	아내에게	처형	처제
	부모, 동기, 타인에게	처형, ○○ 이모	처제, ○○ 이모
	장인, 장모에게	처형	처제
	당사자의 손위 동기와 배우자에게	처형	처제
	당사자의 손아래 동기에게	[그들이 부르는 대로]	[그들이 부르는 대로]
	자녀에게	이모(님)	이모

아내 오빠의 부인과 아내 남동생의 부인

		아내 오빠의 부인	아내 남동생의 부인
호 칭 어		아주머니	처남의 댁
지칭어	당사자에게	아주머니	처남의 댁
	아내에게	처남의 댁	처남의 댁
	부모, 동기, 타인에게	처남의 댁, ○○ 외숙모	처남의 댁, ○○ 외숙모
	장인, 장모에게	처남의 댁	처남의 댁
	당사자의 시댁의 / 손위 동기와 배우자에게	처남의 댁	처남의 댁
	손아래 사람에게	[그들이 부르는 대로]	[그들이 부르는 대로]
	자녀에게	외숙모(님)	외숙모(님)

아내 언니의 남편과 아내 여동생의 남편

		아내 언니의 남편	아내 여동생의 남편
호 칭 어		형님, 동서[연하]	동서, ○ 서방
지칭어	당사자에게	형님, 동서[연하]	동서, ○ 서방
	아내에게	형님, 동서[연하]	동서, ○ 서방
	부모, 동기, 타인에게	동서, ○○ 이모부	동서, ○○ 이모부
	장인, 장모에게	형님, 동서[연하]	동서, ○ 서방
	당사자의 시댁의 / 손위 동기와 배우자에게	형님, 동서[연하]	동서, ○ 서방
	손아랫사람에게	[그들이 부르는 대로]	[그들이 부르는 대로]
	자녀에게	이모부(님)	이모부(님)

| 내가 여자일 경우 |

남편의 형

	호칭어	아주버님
지 칭 어	시댁 쪽 사람에게	아주버님
	친정 쪽 사람에게	시아주버니, ○○ 큰아버지
	자녀에게	큰아버지(큰아버님) / 여럿일 경우 ○째 큰아버지 또는 지역 이름＋큰아버지
	타인에게	시아주버니, ○○ 큰아버지

남편의 아우

호 칭 어	미혼자		도련님 / 여럿일 경우 ○째 도련님
	기혼자		서방님 / 여럿일 경우 ○째 서방님
지 칭 어	시댁 쪽 사람에게	미혼자	도련님
		기혼자	서방님
	친정 쪽 사람에게		시동생, ○○ 작은아버지, ○○ 삼촌
	자녀에게	미혼자	삼촌
		기혼자	작은아버지(작은아버님)
	타인에게		시동생, 도련님, 서방님 ○○ 작은아버지, ○○ 삼촌

남편의 누나와 누이동생

		남편의 누나	남편의 누이동생
호칭어		형님	아가씨, 아기씨
지칭어	시댁 쪽 사람에게	형님	아가씨, 아기씨
	친정 쪽 사람에게	시누이, ○○ 고모	시누이, ○○ 고모
	자녀에게	고모(고모님)	고모(님)
	타인에게	시누이, ○○ 고모	시누이, ○○ 고모, 아가씨, 아기씨

남편 형의 아내와 남편 아우의 아내

		남편 형의 아내	남편 아우의 아내
호칭어		형님	동서
지칭어	시댁 쪽 사람에게	형님	동서
	친정 쪽 사람에게	큰동서(맏동서), ○○ 큰어머니	동서, ○○ 작은어머니
	자녀에게	큰어머니(큰어머님)	작은어머니(작은어머님)
	타인에게	큰동서(맏동서), ○○ 큰어머니	동서, ○○ 작은어머니

남편 누나의 남편과 남편 누이동생의 남편

		남편 누나의 남편	남편 누이동생의 남편
호칭어		아주버님, 서방님	서방님
지칭어	자녀에게	고모부(님)	고모부(님)
	자녀 외의 사람들에게	(지역 이름) 아주버님, (지역 이름, 성) 서방님, ○○ 고모부(님)	(지역 이름, 성) 서방님, ○○ 고모부(님)

일상에서 예쁘게 쓸 수 있는 우리말 100선

　본문에서 다루지 않은 우리말 중에도 일상에서 살려 쓰면 좋을 만한 예쁜 말이 참 많이 있습니다. 아마 이 중에 들어보신 말도 있고 처음 보시는 말도 있을 텐데요. 적절한 맥락과 상황에 사용하면 외래어·한자어보다 우리의 생각이나 감정을 더 잘 표현해주는 것이 순우리말입니다. 이 말들을 가지고 아이와 함께 짧은 글짓기를 해보는 것은 어떨까요?

가리사니 사물을 판단할 만한 지각知覺. 사물을 분간하여 판단할 수 있는 실마리.

고갱이 핵심核心. 사물의 중심이 되는 부분을 비유적으로 이르는 말.

거스러미 손발톱 뒤의 살 껍질이나 나무의 결 따위가 가시처럼 얇게 터져 일어나는 부분.

겨끔내기 서로 번갈아 하기.

고빗사위 매우 중요한 단계나 대목 가운데서도 가장 아슬아슬한 순간.

고수련 앓는 사람의 시중을 들어 줌.

고스락 아주 위급한 때.

곰살맞다 몹시 부드럽고 친절하다.

구름발치 구름에 맞닿아 보일 만큼 먼 곳.

그느르다 돌보고 보살펴 주다. 흠이나 잘못을 덮어 주다.

꽃등 맨 처음.

꽃잠 깊이 든 잠. 결혼한 신랑 신부가 처음으로 함께 자는 잠.

나라지다 심신이 피곤하여 나른해지다.

나비잠 갓난아이가 두 팔을 머리 위로 벌리고 자는 잠.

너나들이 서로 너니 나니 하고 부르며 허물없이 말을 건넴. 또는 그런 사이.

너볏하다 몸가짐이나 행동이 번듯하고 의젓하다.

너울가지 남과 잘 사귀는 솜씨. 붙임성이나 포용성 따위를 이른다.

놀금 물건을 살 때에, 팔지 않으려면 그만두라고 썩 낮게 부른 값.

뇌다 굵은 체에 친 가루를 더 곱게 하려고 가는 체에 다시 치다.

느루 한꺼번에 몰아치지 아니하고 오래도록.

도글도글 작고 무거운 물건이 자꾸 구르는 모양.

도담도담 어린아이가 탈 없이 잘 놀며 자라는 모양.

도래샘 빙 돌아서 흐르는 샘물.

도둑눈 밤사이에 사람들이 모르게 내린 눈.

도르리 여러 사람이 음식을 차례로 돌려 가며 내어 함께 먹음. 또는 그런 일.

도린곁 사람이 별로 가지 않는 외진 곳.

도섭부리다 주책없이 능청맞고 수선스럽게 변덕을 부리다.

동살 새벽에 동이 틀 때 비치는 햇살.

두남두다 잘못을 두둔하다. 애착을 가지고 돌보다.

듣마 가게 문을 닫을 무렵.

드레 인격적으로 점잖은 무게.

273

매나니 무슨 일을 할 때 아무 도구도 가지지 아니하고 맨손뿐인 것.

맨드리 옷을 입고 매만진 맵시. 물건이 만들어진 모양새.

메지 일의 한 가지가 끝나는 단락.

모도리 빈틈없이 아주 여무진 사람.

무럽다 모기, 빈대, 벼룩 따위의 조그만 해충에 물려서 가렵다.

물쿠다 날씨가 찌는 듯이 더워지다.

뭉근하다 세지 않은 불기운이 끊이지 않고 꾸준하다.

미추룸하다 매우 젊고 건강하여 기름기가 돌고 아름다운 태가 있다.

반지랍다 기름기나 물기 따위가 묻어서 윤이 나고 매끄럽다. 성질이 얄미울 정도
로 매끄럽다.

보늬 밤이나 도토리 따위의 속껍질.

보시기 김치나 깍두기 따위를 담는 반찬 그릇의 하나. 모양은 사발 같으나 높이가
낮고 크기가 작다.

비각 물과 불처럼 서로 상극이 되어 용납되지 아니하는 일.

비나리 남의 환심을 사려고 아첨함.

비설거지 비가 오려고 하거나 올 때, 비에 맞으면 안 되는 물건을 치우거나 덮는
일.

사그랑이 다 삭아서 못 쓰게 된 물건.

사랑옵다 생김새나 행동이 사랑을 느낄 정도로 귀엽다.

사로잠 염려가 되어 마음을 놓지 못하고 조바심하며 자는 잠.

살망하다 아랫도리가 가늘고 어울리지 않게 조금 길다. 옷이 몸에 맞지 않고 조금

짧다.

새뜻하다 새롭고 산뜻하다.

새살거리다 샐샐 웃으면서 재미있게 자꾸 지껄이다. ≒새살대다.

새물내 빨래하여 이제 막 입은 옷에서 나는 냄새.

서그럽다 마음이 너그럽고 서글서글하다.

서덜 냇가나 강가 따위의 돌이 많은 곳. ≒돌서덜.

싱둥하다 싱싱하게 생기가 있다. 부끄러움을 타지 않고 시큰둥하다.

슬겁다 집이나 세간 따위가 겉으로 보기보다는 속이 꽤 너르다. 마음씨가 너그럽고 미덥다.

실골목 좁고 가느다란 골목.

아령칙하다 기억이나 형상 따위가 긴가민가하여 또렷하지 아니하다.

안다미로 담은 것이 그릇에 넘치도록 많이.

알천 재산 가운데 가장 값나가는 물건. 음식 가운데서 제일 맛있는 음식.

양구다 음식 따위를 식지 아니하게 불 위에 놓거나 따뜻한 데에 묻어 두다.

애면글면 몹시 힘에 겨운 일을 이루려고 갖은 애를 쓰는 모양.

어리마리 잠이 든 둥 만 둥 하여 정신이 흐릿한 모양.

얼쯤하다 행동 따위를 주춤거리다. 말이나 행동 따위를 얼버무리다.

에멜무지로 결과를 바라지 아니하고, 헛일하는 셈 치고 시험 삼아 하는 모양.

여탐 무슨 일이 있을 때 웃어른의 뜻을 알기 위하여 미리 여쭘.

오구탕 매우 요란스럽게 떠드는 짓.

오솔하다 사방이 무서울 만큼 고요하고 쓸쓸하다.

온새미 (흔히 '온새미로' 꼴로 쓰여) 가르거나 쪼개지 아니한 생긴 그대로의 상태.

올강올강 단단하고 오돌오돌한 물건이 잘 씹히지 아니하고 입 안에서 요리조리 자꾸 미끄러지는 모양.

운김 남은 기운. 여럿이 한창 함께 일할 때에 우러나오는 힘. 사람들이 있는 곳의 따뜻한 기운.

윤슬 햇빛이나 달빛에 비치어 반짝이는 잔물결.

은결들다 상처가 내부에 생기다. 원통한 일로 남모르게 속이 상하다.

일매지다 모두 다 고르고 가지런하다.

잉걸 불이 이글이글하게 핀 숯덩이.

잎샘 봄에 잎이 나올 무렵에 갑자기 날씨가 추워짐. 또는 그런 추위.

자발없다 행동이 가볍고 참을성이 없다.

졸가리 잎이 다 떨어진 나뭇가지. 사물의 군더더기를 다 떼어 버린 나머지의 골자.

주럽 피로하여 고단한 증세.

지르잡다 옷 따위에서 더러운 것이 묻은 부분만을 걷어쥐고 빨다.

지며리 차분하고 꾸준한 모양.

지범지범 음식물 따위를 이것저것 체면도 없이 자꾸 집어 거두거나 먹는 모양.

참답다 거짓이나 꾸밈이 없이 진실하고 올바른 데가 있다.

첫물 옷을 새로 지어 입고 처음으로 빨 때까지의 동안.

초강초강하다 얼굴 생김새가 갸름하고 살이 적다.

초고지 작은 전복.

초름하다 넉넉하지 못하고 조금 모자라다. 마음에 차지 않아 내키지 않다.

치임개질 벌여 놓았던 물건들을 거두어 치우는 일.

카랑하다 목소리가 쇳소리처럼 맑고 높다. 하늘이 맑고 밝으며 날씨가 차다.

켯속 일이 되어 가는 속사정.

투그리다 싸우려고 으르대며 잔뜩 벼르다.

터울거리다 어떤 일을 이루려고 애를 몹시 쓰다.

트릿하다 먹은 음식이 잘 소화되지 아니하여 가슴이 거북하다.

파근파근하다 가루나 음식 따위가 보드랍고 조금 팍팍하다.

풀치다 맺혔던 생각을 돌려 너그럽게 용서하다.

한밥 끼니때가 지난 뒤에 차리는 밥.

해미 바다 위에 낀 아주 짙은 안개.

해찰하다 일에는 마음을 두지 아니하고 쓸데없이 다른 짓을 하다.

홈홈하다 얼굴에 흐뭇한 표정을 띠고 있다.

흐놀다 무엇인가를 몹시 그리면서 동경하다.

공규택

경기과학고등학교에서 국어를 가르치는 교사다. 매체를 활용하여 교육 자료를 제작하는 데 관심이 많다. 국어애호교육프로그램 개발위원으로 활동했고, 사단법인 국어생활연구원, 두레논술연구회 등에서 활동하고 있다. 현재 한국경제신문 Hi-CEO 아카데미 우리말 상식백과 전문 강사를 맡고 있으며, 현행 중학교 국어 교과서 집필자이기도 하다. 저서로는 《꿩 먹고 알 먹기》, 《신문 가지고 놀기》, 《국어 시간에 신문 읽기 1, 2》, 《우리말 필살기》 등이 있다.

말이 예쁜 아이 말이 거친 아이

1판 1쇄 발행 2011년 10월 21일
1판 3쇄 발행 2013년 4월 15일

지은이 공규택
펴낸이 고영수

편집이사 조병철 **기획·편집** 노종한 최원준 박나래
경영기획 고병욱 **외서기획** 우정민 **마케팅** 유경민 우현권 **제작** 김기창
총무 문준기 노재경 조은진 송민진 **관리** 주동은 조재언 신현민

펴낸곳 추수밭
등록 제406-2006-00061호(2005.11.11)
주소 135-816 서울시 강남구 논현동 63번지 청림출판 추수밭
　　　413-756 경기도 파주시 교하읍 문발리 파주출판도시 518-6번지 청림아트스페이스
전화 02)546-4341
팩스 02)546-8053

www.chungrim.com
cr2@chungrim.com

ⓒ공규택 2011

ISBN 978-89-92355-75-9 93800